PARA SEMPRE O NÚMERO 1

WBL
We Best Love Series

Certa vez,
você fez com que meus olhos vissem apenas você.
Esse tipo de encontro é uma sorte que guardo
no fundo do coração.

PARA SEMPRE O NÚMERO 1

Uchenhu

Baseado na obra original de Lin Peiyu

Na tradição chinesa, o sobrenome da pessoa vem primeiro que o nome. Por exemplo, em "Lin Peiyu", "Lin" é o nome de família e "Peiyu" seu nome. Esta tradução respeita essa característica cultural e manteve a ordem tradicional.

Índice

Prefácio, 7

Prólogo, 9

Capítulo 1 – Vamos nos afogar juntos!, 21

Capítulo 2 – Seria ótimo estar ao seu lado, 39

Capítulo 3 – Cada vez mais perto, 65

Capítulo 4 – Segredo bem guardado, 87

Capítulo 5 – Só porque é você, 117

Capítulo 6 – Ei! Eu gosto de você, 153

Extra 1 – Sou o único que pode existir em seu futuro, 187

Extra 2 – Evidência direta de um romance, 193

Extra 3 – Jantar frio de Ano-Novo, 205

Posfácio, 223

Caderno de Fotografias, 225

Prefácio

— Eu cresci lendo os seus livros!

Essa foi a primeira vez que nos encontramos. No entanto, quando a Uzinha falou comigo, eu, imediatamente, só consegui pensar nessas palavras: "Eu bem que gostaria de enforcá-la e enchê-la de socos!".

Ela não faz ideia do quão cruel eu posso ser; ainda me diz isso ocasionalmente quando nos encontramos. E isso me dá a chance de dar um mata-leão nela só para mostrar quem manda. A Uzinha é uma masoquista.

Ela cresceu lendo os meus livros e agora brilha balançando os céus com o nome "Uchenhu". Essa moça conseguiu fazer muito além do que eu fiz no mundo das *danmei novels*[1]. Mesmo assim, aos meus olhos, ela ainda continua sendo a garota livre e brincalhona que eu sempre chamei de "Uzinha"... Então, mesmo que o tempo passe e a sorte de cada uma mude, algo que não muda é o nosso amor pela escrita e amizade.

Eu ainda quero encher ela de socos! Há, há!

---

1. Gênero da literatura moderna chinesa que trata de relacionamentos românticos entre personagens masculinos.

Ler as histórias que ela escreve me faz relembrar a intenção original desta criação.

Um simples diálogo sobre "amar em segredo" e "amar".

A Uzinha usa seu estilo sério de escrita para transformar roteiros em romances, promovendo o drama além da imaginação, além do teatro e enriquecendo o desejo de amor em cada personagem. Essa é a segunda vez que ela adapta um roteiro BL meu para livro, e encarou de forma dedicada a árdua tarefa, conseguindo manter a essência do roteiro com seu trabalho fabuloso.

Não é por acaso que eu a chamo de "irmã mais nova". O que mais eu poderia dizer?

"Bem, desta vez, em vez de levantar, só vou amarrar ela e dar uns bons socos."

Lin Peiyu decidiu terminar de lidar com sua irmã travessa antes de voltar para a sala escura.

Lin Peiyu

Prólogo

— Mas, então, o que ela tem que eu não tenho?
— Ela não chega aos seus pés.
— Então por que você ainda continua com aquela mulher?
— Pelo menos ao lado dela eu sou um homem. Um homem admirado e necessário.

O menino que voltava para casa depois da escola, em uma mão carregava o livro de língua chinesa do quinto ano, enquanto estendia a outra para tocar o interfone ao lado da porta de entrada, mas ao ouvir as vozes vindas de dentro do local, ele, silenciosamente, abaixou a mão que estava prestes a tocar a campainha e tapou os ouvidos tentando não escutar a discussão que ocorria lá dentro. Entretanto, os barulhos estridentes ultrapassaram as barreiras e ele pôde ouvir claramente o que estava sendo dito no interior da casa.

Ele não sabia o que o termo "relação extraconjugal" significava, mas sabia que o pai a cada dia ficava menos em casa, e que a mãe chorava escondida dele cada vez mais. A casa, que antes era cheia de risadas, agora estava cada vez mais repleta de distância e indiferença. De repente, a porta foi escancarada e a pessoa que saiu viu o garoto parado na entrada. Involuntariamente, o menor recuou alguns passos; o medo era visível em seus olhos.

— Até **você** me despreza? — disse o homem em tom de autodepreciação.

Mas o que ele esqueceu é que uma criança de dez anos não tinha maturidade suficiente para ter noção do que era "desprezo", nem mesmo conseguia distinguir o que era "superioridade" e "inferioridade".

Assim, depois de fitar os olhos do menino, ele foi embora dizendo a si mesmo que aquele lugar não tinha mais valor, logo não havia mais motivos em seu coração para ficar ali. Quando o garoto abriu mais a porta de entrada, enxergou sua mãe, que sempre fora forte, sentada no sofá da sala chorando com o rosto entre as mãos. Sem saber como consolá-la, ele fechou a porta com cuidado, deu meia-volta e foi para o lugar que lhe era mais familiar: a escola.

* * *

No corredor ao lado das salas de aula estavam pilhas de mesas e cadeiras antigas que seriam substituídas. Sentado nas escadas no final dele, o menino chorava silenciosamente enquanto abraçava os joelhos.

— Ei! O que aconteceu com você? Você está bem? Se machucou? *Daijoubu ka*[2]? — perguntou a voz curiosa para saber o motivo do menino ainda estar na escola depois do término da aula.

A voz desconhecida vinha da sua frente. Ao levantar a cabeça, ele viu um outro menino, este vestia uma camiseta preta e parecia ser mestiço, descendente de japoneses e taiwaneses.

— ...

---

2. だいじょうぶか?: "Você está bem?" em japonês.

O menino que estava sentado, ergueu os olhos para ver quem estava falando com ele. Após olhar rapidamente, ele mergulhou a cabeça entre os braços novamente deixando as lágrimas rolarem enquanto molhavam a manga de sua camiseta azul-claro.

— Aqui, pegue. — O menino desconhecido tirou um lenço do bolso da calça, sentou-se ao lado do outro e, puxando a manga da camisa deste, entregou-lhe o lenço.

— Para de chorar, as lágrimas e o catarro estão se misturando! É muito nojento.

— O que você tem a ver com isso? — O menino que estava chorando se recusou a pegar o lenço e limpou as lágrimas e o ranho na manga da camisa só de teimosia.

— Por que você está chorando?

— Meu pai não quer mais ficar com minha mãe e eu.

O garoto tinha apenas dez anos e, apesar de desconhecer muitas coisas, ele sabia muito bem o que a palavra "divórcio" significava. Um colega de classe que vinha de uma família monoparental, tinha explicado que o divórcio significava que o pai e a mãe estavam se separando, e os filhos tinham que escolher com qual dos dois ficariam. Não seria mais possível viver como antes... como quando todos eram felizes juntos.

— Mas você ainda tem a sua mãe, ao contrário de mim... — O garotinho de camisa preta olhava o lenço que segurava firmemente em sua mão e continuou com seriedade: — A minha mãe virou um anjo.

— Como assim "virou um anjo"?

O menino de camisa preta deu tapinhas no ombro do novo amigo que estava chorando e o consolou como se fosse um adulto:

— Isso significa que, mesmo estando separados, você ainda pode ver o seu pai e a sua mãe, já eu, mesmo que fique triste e de coração partido, minha mãe nunca mais vai voltar.

O menino que chorava, vendo a expressão de tristeza do outro, finalmente pegou o lenço que lhe era estendido e limpou as lágrimas e ranho que escorriam pelo rosto.

— Que tal fazer assim? Eu te dou o meu pai, já que ele e eu não nos damos bem mesmo. — disse o garotinho de preto de repente.

— Quem daria o próprio pai para qualquer um assim?

O que tentava consolar ouviu a objeção assentindo com a cabeça, confirmando o que tinha dito anteriormente e dando mais ideias:

— Bom, se você preferir, eu posso te dar a mim mesmo e ser o seu pai! Se você estiver com algum problema ou estiver triste, venha me procurar que eu vou te ajudar!

— *Pff!* — O garoto que antes chorava começou a rir.

O menino de camiseta preta olhou para seu novo amigo que finalmente dava um sorriso e disse com palavras inocentes que só uma criança poderia dizer:

— Que bom que você está rindo. Meu pai costuma dizer que se você quiser se tornar forte, é melhor sorrir do que chorar, pois quando você chora, chora sozinho. Mas quando você sorri, o mundo inteiro vai sorrir junto.

— Sorrir… junto? — O garoto escutava a pessoa que ainda estava sentado ao seu lado, o olhar intrigado demonstrava não entender muito bem o significado da frase.

— Shuyi, *doko ni iru no*[3]?! — As duas crianças conversavam, quando de repente, ouviram uma voz chamar ao longe.

— Eu estou aqui! — respondeu o menino de camiseta preta enquanto se levantava e sacudia o pó das calças. Ele ficou em pé e seguiu em direção à voz, mas, de repente, virou-se para o outro garoto que ainda estava sentado nos degraus da escada e, com um grande

---

3. どこにいるの: "Cadê você?!" em japonês.

sorriso no rosto, disse: — Se quiser chorar, pode vir me procurar. Você pode contar comigo! Ah, é! O meu nome é Zhou Shuyi, sou da classe um do quinto ano da Escola Fundamental San Qiao. E você?

O menino em pé estava de costas para a luz do pôr do sol o que o fez parecer com um anjo de algum livro ilustrado – caloroso e amável. O garoto olhou para aquela bela imagem banhada de luz e com os olhos vermelhos respondeu:

— Meu nome é Gao Shide.

Zhou Shuyi assentiu e sorriu para o novo amigo:

— Muito prazer em conhecê-lo, Gao Shide. Estou indo pra casa agora! — Zhou Shuyi se despediu de Gao Shide, que retribuiu. Então, virou-se e foi embora.

Shide perdido em pensamentos ficou sentado ali vendo a figura se afastar gradualmente…

* * *

Doze anos depois…

No vestiário, Zhou Shuyi estava de pé em frente ao espelho ajeitando sua sunga e touca de natação. Ele retirou o colar do pescoço e beijou o pingente; depois disso, colocou-o cuidadosamente dentro do armário, trancou-o e olhou novamente para o espelho, confiante.

Seu pai sempre lhe dissera que *"Shippai shite mo tari zen, seikou shitara otokomae[4]"*, ou seja, "tentar é a chave do sucesso". Ele sempre repetia esse mantra e chegou a dizer que foi o principal motivo para ter conquistado a mãe de Shuyi, já que foi do Japão até Taiwan apenas para tê-la ao seu lado.

---

4. 失敗しても たり前，成功したら男前: "Se eu falhar, foi inevitável; mas, se der certo, vou me dar bem" em japonês.

"Fang Zhengwen, me desculpe, mas eu preciso confessar meu amor à garota que secretamente amo há anos antes de você. Se eu conseguir ficar em primeiro lugar na competição de novos membros da equipe de natação hoje, finalmente vou declarar meus sentimentos por ela. A competição de hoje é muito importante, é uma eliminatória, somos uns contra os outros. Eu só posso contar comigo mesmo para vencer!", refletia Zhou Shuyi enquanto se olhava no espelho.

— *Today is my day*! Se hoje eu conseguir o primeiro lugar, eu vou... — A frase foi substituída por um sorriso cheio de confiança. Ele estava determinado a ganhar a competição e conseguir o que mais queria.

"Jiang Yuxin, prepare-se para receber minha declaração! Vamos nos tornar o casal mais invejado de toda a universidade antes de nos formarmos."

A entrada da piscina do campus exibia uma faixa azul com letras brancas bem visíveis que diziam "Competição de Novos Alunos para a Herança da Equipe de Natação" – aquela era a competição anual que definiria a colocação dos estudantes.

— Veteranos! Veteranos! Veteranos!

— Zhou Shuyi! Zhou Shuyi! Zhou Shuyi!

A torcida vibrava ao ver os competidores caminhando em direção à piscina com suas toalhas azuis no ombro. Eles pareciam acostumados com toda aquela admiração e agiam com naturalidade ao ficarem em pé em frente às plataformas de mergulho. Shuyi escolheu o trampolim do meio como uma estrela que sempre fica no centro do palco, habituado à inveja e admiração ao seu redor.

Seu olhar percorreu a área de espectadores no fim da piscina, até que avistou um rosto belo e familiar. Um sorriso radiante iluminou a face impecável de Zhou Shuyi ao reconhecer sua amiga de infância, a garota por quem nutria secretamente sentimentos há tantos anos.

Ao lado da piscina, Liu Bingwei, um aluno do quarto ano da faculdade de direito, que estava encarregado de apresentar a competição, olhou para seu amigo popular com fama de "estudante mais bonito da universidade" e, ao perceber a recepção calorosa que ele estava tendo, não pôde deixar de sorrir. Ele, então, pegou o microfone e começou a falar:

— A competição de boas-vindas para os novos membros da equipe de natação está prestes a começar. Caros veteranos, chegou a hora de mostrarem toda a sua experiência e habilidade! Usem toda a força que possuem e deem o seu melhor na competição!

— Vamos lá! Vamos lá!

Na arquibancada, Jiang Yuxin colocou as mãos em formato de megafone e gritou com força na direção da área de salto. Zhou Shuyi, que a amava secretamente e planejava confessar seus sentimentos para ela após a competição, naturalmente pensou que a garota estava torcendo por ele e em resposta deu uma piscada e um sorriso charmoso. Na mesma plataforma de mergulho, Fang Zhengwen, amigo de infância de ambos, acenou timidamente com a cabeça e sorriu ao ver a animação da garota.

Liu Bingwei levantou a arma de disparada e gritou no microfone:
— Preparar!

Os atletas fizeram um movimento preparatório uniforme antes de entrar na água e, de repente, um grito rouco surgiu da multidão.

— Gao Shide, eu te amo! — declarou uma fã em público.

Subitamente, uma fã inesperada fez uma declaração de amor, provocando risos entre os estudantes na plateia. Até mesmo Zhou

Shuyi, que estava na plataforma de mergulho, ficou surpreso com as palavras e olhou em direção ao nadador a três raias de distância.

— Gao Shide! Por que você está aqui... Ah!

Zhou Shuyi ergueu-se de repente ao ver um dos outros competidores na plataforma, e sentiu seu corpo perder violentamente o equilíbrio. Seu pé deslizou e ele acabou caindo na piscina durante aquela competição crucial, antes de conseguir terminar o que ia dizer.

— Uou! — As pessoas no ginásio ficaram espantadas.

Com respingos de água por todos os lados, Zhou Shuyi caiu desajeitadamente na água. Ele tentou imediatamente emergir, mas, ao pisar no fundo da piscina, sentiu uma forte cãibra na panturrilha direita, que o fez curvar o corpo e pressionar com os dedos das mãos a área afetada para aliviar a dor.

Na beira da piscina, os espectadores aguardavam ansiosos pela aparição do líder do clube de natação que ainda não havia emergido da água. Pensando que isso fazia parte do espetáculo previamente planejado para gerar comoção no evento, eles esticaram seus pescoços em antecipação à próxima surpresa. O apresentador do evento, Liu Bingwei, também brincando, chamou o amigo que havia afundado na piscina:

— Zhou Shuyi, usar esse tipo de método para chamar a atenção do público é muito decepcionante!

Até mesmo Jiang Yuxin, que estava sentada na arquibancada, tinha o rosto estampado de dúvida e murmurou para si mesma:

— Ele está demorando muito! Será que tá com vergonha de aparecer?

Apenas Fang Zhengwen, parado na plataforma de mergulho, franziu a testa enquanto olhava para o amigo encolhido na água.

— Tem alguma coisa errada — disse Zhengwen em voz alta.

— Uou! — O público se surpreendeu novamente.

O som de alguém mergulhando ressoou novamente. Enquanto todos estavam discutindo animadamente sobre a "encenação", Gao Shide, que também era um competidor, saltou na água e nadou em direção a Zhou Shuyi, que estava encolhido no fundo da piscina com cãibra.

Quando Zhou Shuyi viu que quem veio resgatá-lo era seu arquirrival, empurrou violentamente o braço que tentava ajudá-lo. No entanto, Gao Shide o envolveu firmemente pela cintura e nadou com ele em direção à superfície

— *Cof! Cof!*

Quando Zhou Shuyi emergiu à superfície, ao mesmo tempo que tossia, encarava a pessoa que o carregava em direção à escada, ele não pôde deixar de lembrar do passado e, com os dentes cerrados, pensou cheio de raiva em seu coração: "Ótimo..."

Não é à toa que alguém disse que "As frustrações são inimigas da vida; os fracassos são pedras no caminho". E aquela era uma pedra antiga que bloqueava seu caminho e que, novamente, impedia-o de orgulhar-se de si; a pedra que era irritante e desagradável aos olhos, e atendia pelo nome de:

— **Gao-Shi-De**!

***

Auditório da escola fundamental...

— É com grande honra que parabenizamos Zhou Shuyi por conquistar o primeiro lugar em toda a escola. Vamos aplaudir nosso colega de classe Zhou Shuyi e mostrar nosso apoio e admiração por sua conquista excepcional!

No palco, Zhou Shuyi, um aluno do quinto ano do ensino fundamental, recebeu um certificado de honra do diretor com um sorriso no rosto. Enquanto isso, o coordenador pedagógico, que estava originalmente no lado direito do palco, correu apressadamente até o diretor e sussurrou algumas palavras em seu ouvido.

Uma expressão de constrangimento foi aparecendo gradualmente no rosto do diretor ao verificar o nome no certificado de honra que estava nas mãos de Zhou Shuyi. Ele, então, conferiu uma segunda vez o nome, para ter certeza que não havia errado novamente e fez um sinal com a cabeça para o coordenador pedagógico, que tomou o certificado das mãos de Shuyi e fez com que ele trocasse de lugar com outro garoto. O diretor levantou novamente o microfone e disse para todos os professores, alunos e pais presentes na plateia:

— Perdoem-me, mas acabei lendo o nome errado. O primeiro lugar vai para o aluno Gao Shide. Vamos aplaudir com entusiasmo Gao Shide, parabéns a ele! — Aplausos ecoaram alto por todo o auditório em resposta.

Zhou Shuyi, sem acreditar no que acabara de acontecer, não só foi forçado a trocar de lugar com o garoto, mas ainda precisou escutar os aplausos por toda parte. O seu olhar estava fixado naquele garoto chato e repulsivo, o "para sempre o número 1"!

A partir daquele dia, Gao Shide tornou-se como uma mosca persistente, desde a escola fundamental até o ensino médio, em todas as áreas, do desempenho acadêmico até competições de arte, competições de oratória, feiras de ciência e assim por diante. Não importava o tipo de conquista, onde quer que aquele cara estivesse, Shuyi era sempre o "eterno segundo lugar", e não importava o que ele fizesse, seu nome era cruelmente pressionado para o segundo lugar pelo nome "Gao Shide".

Assim, ele jurou que um dia iria se livrar do vergonhoso título de "eterno segundo lugar" e conquistar uma vitória brilhante e espetacular, pisando firmemente no orgulho de Gao Shide e recuperando o trono do primeiro lugar que lhe pertencia, porque...

— Eu realmente odeio o que passem por **CIMA DE MIM!**

* * *

Depois de ter sido salvo do fundo da piscina e voltado para a borda, Zhou Shuyi, de vinte e um anos, empurrou com força Gao Shide, que estava massageando suas panturrilhas. Ele olhou furiosamente para o rosto do homem que ainda tinha a mesma aparência do garoto em sua memória.

Arrastando sua perna direita com cãibra, ele saiu com raiva do local da competição.

Capítulo 1

Vamos nos afogar juntos!

No vestiário...

— Maldito! Passei a maior humilhação na frente de todo mundo! Ai... — Zhou Shuyi abriu o armário e colocou o colar em seu pescoço. Em seguida, pegou seus pertences e bateu a porta com força, completamente irritado. No entanto, ao fechá-la, ele não mediu a força empregada e a porta voltou, batendo violentamente em seu rosto. Isso só aumentou sua fúria e fez com que ele xingasse ainda mais.

Pouco tempo depois, Fang Zhengwen e Liu Bingwei entraram no vestiário, eles sabiam como o amigo era orgulhoso, então, ter perdido a competição certamente era algo que o havia deixado triste e precisando de apoio. Ao depararem-se com a situação, prontamente ajudaram Shuyi a sentar-se no banco em frente aos armários.

— Não fica triste! Você estar bem é o que importa — disse Fang Zhengwen tentando confortá-lo.

— Com certeza! Cair na piscina é algo que pode acontecer com qualquer um quando está aprendendo a nadar, não é mesmo? E mais ainda, olhando pelo lado positivo, esse tombo fez com que todos te conhecessem. Você vai se tornar uma celebridade no campus! — complementou Liu Bingwei.

— É tudo culpa daquele maldito Gao Shide, ele me fez passar vergonha na frente de toda a universidade.

"Especialmente por ter me humilhado diante da garota que eu amo secretamente, eu vou fazer ele pagar por isso", Zhou Shuyi jurou silenciosamente em seu coração. E, de repente, se lembrou de algo muito importante, virando a cabeça, com os olhos semicerrados para encarar o amigo sentado ao seu lado.

— Por que você não me contou que alguém com o sobrenome "Gao" ia participar da competição?

Sob o olhar penetrante de Zhou Shuyi, o coração de Liu Bingwei falhou por um momento, mas, em seguida, ele começou a falar sem muita confiança, coçando a parte de trás da cabeça:

— Eu só pensei que... era alguém que tivesse o mesmo nome e sobrenome...

Como presidente do clube de natação e apresentador da "Competição de Novos Alunos para a Herança da Equipe de Natação", ele já havia visto a lista de participantes antes do início da competição. No entanto, ele nunca imaginou que Gao Shide, que tinha medo de nadar e era como um patinho fora d'água quando se tratava do esporte, se inscreveria para a competição de boas-vindas do clube de natação como um veterano do quarto ano.

— Bem, já nos conhecemos há tanto tempo, somos todos velhos amigos... — Fang Zhengwen tentou contornar a situação, mas foi bruscamente interrompido.

— Quem você tá chamando de "amigo" daquele desgraçado? Desde o quinto ano do ensino fundamental esse cara me persegue. Eu tentei me livrar dele no fundamental, no ensino médio e até na universidade quando fiz questão de me matricular em uma instituição diferente da dele, mas não adianta, ele continua aqui me enchendo o saco. Mas não é que ele se transferiu pra cá no segundo ano? Ah, não aguento mais! Eu vou ter que aturar esse babaca até o último ano e se eu deixar passar dessa vez, vou ser a porra de um banana! — A voz de Shuyi ficava cada vez mais brava e, consequentemente, cada vez mais alta. A ponto de todos no vestiário conseguirem ouvi-lo.

Como um bom amigo, Liu Bingwei foi o primeiro a se levantar batendo no peito e dizendo:

— Você tá certo! A gente não pode deixar ele nos subestimar. O que você quer fazer? Pode contar comigo! — Ele dizia isso com a mão sobre o peito, como se estivesse fazendo um juramento.

— Valeu, mano!

Zhou Shuyi segurou firme a mão de Liu Bingwei que estava sobre o peito. Os dois se olhavam com um sorriso maligno.

— Ok... — Fang Zhengwen olhou preocupado para os dois que estavam fazendo seu acordo maléfico, soltando um suspiro pesado.

Então, nas semanas seguintes, coisas estranhas começaram a acontecer ao redor de Gao Shide. O secador de cabelo que ele ia usar, misteriosamente, apareceu cheio de talco, fazendo com que quem o ligasse fosse coberto com pó branco. Ou, após um jogo de basquete, a garrafa de refrigerante que uma colega de classe lhe ofereceu havia sido agitada com força, fazendo com que o líquido espirrasse por toda parte assim que o lacre foi aberto. No entanto, assim como existem pessoas que naturalmente têm má sorte em tudo o que fazem, sofrendo acidentes ao realizarem as ações mais banais, batendo em árvores quando estão andando na rua ou batendo em postes quando estão dirigindo, Gao Shide era exatamente o oposto. Não importava se fosse um secador de cabelo cheio de talco ou uma garrafa de refrigerante agitada, ele sempre escapava ileso, enquanto seus colegas de classe eram os que sofriam as consequências.

— Porra! É uma bomba! — exclamou Shi Zheyu, um aluno do quarto ano do curso de engenharia da computação. Ele olhou para a garrafa de plástico que jorrou refrigerante por todo o seu corpo, seus olhos estavam arregalados em choque.

Ao retirar o rótulo que envolvia a embalagem de refrigerante, Gao Shide viu a palavra "idiota" escrita em caneta preta. Ele olhou ao redor, e ao levantar a cabeça, viu Zhou Shuyi conversando com outra pessoa na área da arquibancada no segundo andar.

— Por que tem sempre algo estranho rolando aonde quer que você vá? Ou você está sendo perseguido pelo *shinigami* de Tóquio, do anime Detective Conan, ou foi amaldiçoado — resmungava Shi Zheyu ao seu amigo enquanto limpava com uma toalha a sua roupa encharcada de refrigerante.

— Quê?

— Ou talvez você tenha ofendido alguém e agora essa pessoa está querendo dar o troco.

— Pode ser...

Gao Shide respondeu sem prestar muita atenção pois seus olhos estavam fixados no rosto de Zhou Shuyi, que o olhava do segundo andar. Claro que ele sabia quem era o autor dos "eventos estranhos" recentes, mas não queria revelar esse "segredo", desde que pudesse fazer com que essa pessoa notasse sua presença, estaria disposto a ser o alvo das brincadeiras.

Gao Shide ergueu os cantos da boca e sorriu na direção da área em que os garotos estavam no segundo andar. Enquanto isso, o causador do problema desviou o olhar com culpa e tentou disfarçar conversando com o comparsa que estava ao seu lado. No entanto, o sorriso de Shide desapareceu imediatamente ao ver Liu Bingwei colocando a mão no ombro de Zhou Shuyi.

***

No prédio principal da faculdade de Administração...

— *Tsc*. Esse cara tem uma puta sorte.

Na sala de aula do departamento de Finanças, Zhou Shuyi estava sentado na última fileira, com as pernas cruzadas em cima da mesa, mexendo no pingente do colar que sempre usava, enquanto falava sozinho.

Seu plano inicial era tirar uma foto zoada de Gao Shide, essa seria a prova de seu fracasso. Mas, depois de um tempo, ele percebeu que as únicas pessoas afetadas eram aquelas que estavam à volta do seu alvo.

Fang Zhengwen segurava um giz de lousa e olhava para Liu Bingwei:

— E aí! Tem mais algum truque que a gente não tentou ainda?

Na lousa não só tinha escrito "métodos para pregar uma peça em Gao Shide" em letras enormes, como também uma lista detalhada de todos os tipos de pegadinhas bizarras para se fazer com alguém: colocar baratas em seus bolinhos, fritar arroz com Viagra, mergulhar os sapatos em café, colocar giz na água da chaleira, pregar na perna dele um papel com cera quente para ele ser obrigado a se depilar, espetar uma boneca vodu, mergulhar bolinhos em *wasabi*, colocar molho de carne em alguns doces e dar para ele, jogar pimenta na sunga de natação e o recentemente fracassado: a bomba de Coca-Cola.

— O que você acha... — começou calmamente Liu Bingwei enquanto largava o giz e ia em direção ao autor dos planos. — ...da gente contratar alguns bandidos para dar uma surra nele? — completou o restante da fala com a voz baixa.

— Qual é o seu problema, cara? Fico surpreso de um cara que faz Direito recorrer a um plano idiota desses! — zombou Zhou Shuyi.

— Talvez seja melhor deixar isso pra lá. A gente já tá no último ano... logo a formatura tá aí. — Fang Zhengwen também foi em direção ao amigo no fundo da sala e tentou ser a voz da razão.

O amigo que teve o orgulho ferido por Gao Shide levantou o queixo e disse:

— É justamente por estarmos no final da faculdade que precisamos fazer algo grande! Algo que deixe uma marca na graduação daquele otário.

Fang Zhengwen deu um longo suspiro, como se estivesse se preparando para lançar seu último golpe e disse:

— Quando estávamos na sexta série, você disse a mesma coisa e, no final, acabou caindo em um buraco perto de uma árvore por causa dessas vinganças idiotas e quem teve que te salvar foi o próprio Gao Shide. Foi assim também no nono ano do fundamental e no terceiro ano do ensino médio. E sabe o que todas essas tentativas têm em comum? Em **todas** elas, quem se ferrou foi você!

Ouvir aquilo realmente foi um golpe para Zhou Shuyi, era como se ele fosse um gato que havia acabado de ter seu rabo pisado.

— O que você está querendo dizer? Acha que eu sempre vou perder pra ele?

— O que eu estou querendo dizer é que vocês são adultos agora. Vocês podem só sentar e conversar sobre isso...

As palavras de Zhengwen foram interrompidas enquanto Zhou Shuyi se levantou pegando a mochila. Antes de sair, ele olhou para os dois amigos:

— Eu vou acabar com ele e ninguém vai me impedir.

— Zhou Shuyi!

Enquanto Fang Zhengwen tentava impedir o amigo de agir impulsivamente, Liu Bingwei deu de ombros e fez menção de seguir o rapaz que saía da sala irritado. Este, por sua vez, lhe lançou um olhar intimidador e disse:

— Não me siga.

— Ok...

Liu Bingwei só pôde coçar o nariz e sentar novamente em seu lugar, olhando a figura sair da sala e desaparecer de sua visão.

— Ele é muito teimoso. Nem parece ter vinte e um anos. — Fang Zhengwen olhou para a lousa cheia de planos malévolos e não pôde deixar de suspirar.

— Ele tem vinte e um anos e ainda é tão fofo — disse Liu Bingwei com um sorriso adorável no rosto.

* * *

No dia seguinte...

No campus, havia uma sala com um piano de cauda Steinway preto, doado por um dos ex-alunos. Apesar de ele já mostrar marcas de envelhecimento, todos os anos a faculdade pedia para que um especialista viesse e fizesse a manutenção e afinação do instrumento. O piano já estava lá há muitos anos e ainda continuava com o som perfeito, além da ressonância ótima. O som era pleno e claro, mesmo no soar das notas mais agudas.

Zhou Shuyi habilmente usava a ponta de seus sapatos para pressionar os pedais do piano, combinando harmoniosamente os toques precisos nas 88 teclas para controlar a melodia conforme desejado, suavizando-a ainda mais. Sob a tampa levantada do piano, os martelos batiam nas cordas em uma sequência orquestrada, criando uma melodia doce e encantadora. Absorvido pela música, Zhou Shuyi fechou os olhos e deixou-se levar pelo ritmo, balançando o corpo e cantarolando a melodia.

A impulsividade e raiva do dia anterior pareciam ter se esvaído do rapaz que, agora, parecia um jovem culto e elegante, imerso naquela melodia.

Enquanto isso, Gao Shide estava em pé na grama do lado de fora da sala do piano, olhando através de uma janela que os separavam. Ele, assim, conseguia escutar o som que vazava da sala e observar atentamente aquele que tocava o piano de forma serena, elegante e relaxada. Quando a última nota foi tocada, Gao Shide não conseguiu evitar de aplaudir expressando sua admiração sincera pela performance.

— BRAVO!

— ...

Zhou Shuyi estava tão imerso na música que se virou surpreso, deparando-se com seu arqui-inimigo em pé do lado de fora. Shuyi não tinha ideia do tempo que ele passou lá, observando-o.

— Por que você parou? Você toca muito bem.

— Você acha que eu vou tocar só porque você pediu?! Quem você pensa que é? — respondeu Shuyi de forma defensiva.

Ele nunca havia tocado suas próprias músicas para ninguém, e justo a primeira pessoa que escutava era a que ele mais odiava. Gao Shide pulou para dentro da sala e foi se aproximando lentamente na direção de Zhou Shuyi.

— Era você que estava fazendo aquelas pegadinhas, né? — falou Gao Shide olhando para o rosto do outro.

— Que pegadinhas? Não sei do que você está falando.

O corpo de um metro e oitenta e dois de Gao Shide curvou-se para mais perto do lado esquerdo do pescoço de Zhou Shuyi para poder sentir o seu cheiro.

— Cheiro de talco de bebê.

— Nada a ver. Eu já me livrei do talco faz tempo... — disse enquanto empurrava Gao Shide para longe.

Assim que terminou de falar, ele viu a expressão de "Eu sabia!" no rosto do outro e, percebendo o que havia dito, mudou totalmente de expressão.

— Do que você se livrou? — perguntou Gao Shide se fazendo de desentendido, o que fez com que o ouvinte ficasse sem reação, apenas se levantando e saindo da sala com raiva. — Até mais, Zhou Shuyi... — disse Gao Shide suavemente, depois que a figura do outro desapareceu completamente de sua vista, segurando as emoções verdadeiras que mantinha em seu coração.

***

— Que ódio! Esse cara é como um chiclete grudado no meu sapato. Não importa aonde eu vá, acabo me encontrando com esse babaca.

Zhou Shuyi andava pelo campus com uma expressão mal-encarada; ele planejava dar umas voltas a nado na piscina para esfriar a cabeça e tentar aliviar um pouco as frustrações. De repente, viu duas figuras familiares à sua frente e as seguiu para tentar assustá-las. No entanto, ele acidentalmente ouviu a conversa entre os dois.

— Fang Zhengwen, você me odeia, não é?

No corredor do prédio principal, uma das silhuetas parou de andar e virou-se para olhar na direção da outra que estava sempre andando um pouco mais atrás.

— De onde você tirou isso? — Fang Zhengwen parou de andar e olhou para ela, confuso.

Jiang Yuxin estava olhando para o garoto dois anos mais novo que ela e, com sua personalidade forte, não queria continuar nessa situação ambígua; a garota não sabia mais se eles eram apenas amigos ou namorados. Ela decidiu que não poderia mais deixar isso passar e, por isso, respirou fundo e reuniu todas as suas forças para dizer o que precisava a Fang Zhengwen:

— Eu gosto de você! Se você sentir o mesmo, então vamos ficar juntos!

— ...Quê?

Zhou Shuyi, em pé atrás dos dois, ouvindo aquela confissão repentina, hesitou; segurou o pingente pendurado no colar que ele sempre carregava junto ao peito. Presenciar a garota que amou em segredo por tanto tempo se declarar para outra pessoa e perceber que ela amava esse outro alguém, trouxe uma sensação de amargor aos seus lábios. Abalado, ele só queria sair dali rapidamente. Então, ele recuou silenciosamente, mas sem querer deixou o celular que segurava cair, fazendo um som alto e claro.

— Shuyi? Quando foi que você chegou aqui?

Jiang Yuxin e Fang Zhengwen viraram a cabeça e viram o amigo de infância atrás deles. Diante do questionamento da garota, Zhou Shuyi se aproximou constrangido, colocou o braço em volta do ombro de Fang Zhengwen e disse de maneira descontraída:

— Você deveria aceitar logo a Yuxin. Porque se você não quiser, eu duvido que outro homem tenha coragem de namorar essa *tomboy*. Assim, vocês serão ainda mais próximos que amigos de infância, serão um casal. Ah, quando casarem não esqueçam de me mandar o convite, além disso, já está tudo confirmado para que eu seja padrinho do filho de vocês. Pronto, está tudo decidido!

— Shuyi...

Fang Zhengwen olhou para seu melhor amigo; ele sempre suspeitou que Zhou Shuyi gostava de Jiang Yuxin e, agora, vendo a expressão de constrangimento no rosto dele, suas suspeitas haviam sido confirmadas. Sua hesitação anterior foi também por preocupação com os sentimentos de Zhou Shuyi, por isso ele não sabia como responder à confissão da garota.

— Pare de olhar pra mim com esses olhos cheios de emoção e olhe para a sua namorada. Ok, eu vou dar o fora e parar de incomodar vocês dois!

Zhou Shuyi agarrou as bochechas de Fang Zhengwen com as duas mãos, forçando-o a olhar para Jiang Yuxin, e depois deu tapinhas em seu ombro, escapando rapidamente daquele momento embaraçoso. Com a visão turva pelas lágrimas, ele viu o mundo colorido se transformar em preto e branco como em um filme mudo. Correu loucamente pelos corredores que já conhecia muito bem e passou direto pela sala de aula, deixando sua mochila para trás, ignorando os olhares ao seu redor.

— O que você está fazendo? Correr nas escadas é perigoso! — gritou Shi Zheyu para a pessoa que estava descendo rapidamente a escadaria, quase derrubando-o enquanto ele tentava subir do segundo para o terceiro andar.

Uma outra pessoa estava vindo atrás e enxergou as lágrimas no rosto de Zhou Shuyi. Sem pensar duas vezes, decidiu segui-lo.

— Shide?

Shi Zheyu segurou o braço de Gao Shide, surpreso com sua reação, mas foi impedido quando o outro segurou seu pulso, impedindo o movimento e afastando-se.

— Pode ir para a sala. Eu tenho que fazer uma coisa urgente.

— Gao...

Gao Shide soltou a mão, deixando o braço de Shi Zheyu cair sem força ao lado do corpo. Desde o segundo ano da faculdade, o olhar de Zheyu estava fixo em Gao Shide, mas agora suas costas se afastavam cada vez mais, enquanto ele ficava parado no mesmo lugar, observando com tristeza em seus olhos.

* * *

Na piscina do ginásio...

— Por que o Zhengwen? Por que não eu? Zhengwen *baka*, Yuxin *baka*[5], todos os dois são idiotas! Eu gosto de você há tanto tempo...

Zhou Shuyi sentou-se ao lado da piscina chamando os amigos de idiotas, enquanto tentava se recuperar da situação embaraçosa que acabara de acontecer. Pegou o cordão da sorte – presente de Jiang Yuxin – que estava pendurado em seu pescoço e arrebentou-o. Ele segurou o colar em sua mão e deu um grito de frustração no meio do ginásio. Originalmente, ele tinha grandes expectativas de, junto da garota que ele secretamente amou por anos, tornarem-se o casal invejado por todos na faculdade, mas acabou vendo ela confessar seus sentimentos pelo seu melhor amigo. Seu primeiro amor falhou antes mesmo de começar.

— *Baka*! Todos são *baka*!

Zhou Shuyi levantou-se em prantos, as lágrimas escorriam pela face enquanto ele ia em direção à plataforma de mergulho e, então, jogou-se na água. O som ecoou dentro do ginásio vazio e úmido, tudo estava impregnado com o cheiro de cloro. Ali, dentro da água, ele poderia chorar o quanto quisesse, pois não importava quantas lágrimas derramasse, elas iriam se misturar com a água da piscina; não importava, também, quão forte chorasse e se seu rosto ficaria inchado, na piscina vazia e solitária, ninguém poderia ver sua tristeza.

Ele soltou o colar que segurava e ficou observando-o afundar aos poucos até chegar no fundo da piscina... Aquele era o seu maior tesouro, ele tirava apenas para deixá-lo dentro do armário durante as competições. No entanto, a garota que o havia dado de presente agora tinha alguém para apreciá-la mais do que

---

5. ばか: "Idiota" em japonês.

ele. Será que Shuyi deveria se desvencilhar desses sentimentos? Como ele poderia largar o colar que segurou firmemente durante tanto tempo?

De repente, uma forte correnteza o atingiu e, ao virar a cabeça, Zhou Shuyi ficou surpreso ao ver Gao Shide nadando em sua direção com raiva, puxando seu braço e tentando tirá-lo do fundo da piscina. Naturalmente, sua primeira reação foi ficar irritado. Apesar dos puxões de Gao Shide, Zhou Shuyi teimava em nadar para o outro lado, o que acabou gerando ainda mais tensão entre eles. Foi então que Gao Shide o agarrou pela cintura e o puxou em sua direção com força.

Na verdade, Gao Shide estava seguindo Zhou Shuyi desde que deixaram a sala de música, observando sua aversão por ele, vendo-o assistir à declaração de amor de Jiang Yuxin para Zhengwen com decepção e testemunhando-o chorar com tristeza... Então, de repente, ele puxou Zhou Shuyi para si e o beijou com força.

— ...

Embaixo d'água, um deles abriu os olhos assustado enquanto o outro calmamente dava um impulso com o pé no chão da piscina, deixando que a água os levasse flutuando suavemente para a superfície.

**

— Zhou Shuyi, você tem algum problema?
— Você é que tem problema! Por que me beijou?

Assim que chegaram à borda da piscina, os dois começaram a discutir sem rodeios:

— Ninguém te disse que pode morrer se não subir para pegar fôlego?

— Eu pegar fôlego ou não, não tem nada a ver com você!

Zhou Shuyi começou a limpar sua boca com o braço sem parar, sua expressão era de nojo fazendo Gao Shide franzir as sobrancelhas.

— Você ama a Jiang Yuxin, né? Você a ama tanto que ver ela se declarando para o Fang Zhengwen te fez querer morrer de tão triste, né?

Zhou Shuyi nunca tinha escutado um tom tão frio na fala de Gao Shide, mas o significado foi interpretado de maneira completamente diferente quando as palavras entraram em seus ouvidos.

— *Chotto matte*[6]! Como você sabe sobre a Jiang Yuxin e o Fang Zhengwen?

De repente, a cena da confissão apareceu rapidamente em sua mente e, naquele instante, Zhou Shuyi entendeu que desde a sala do piano esse cara o estava seguindo, e ainda presenciou o seu momento mais vergonhoso. Imediatamente, ele ficou furioso e explodiu.

— Merda! Você estava me espionando!

— Eu... — Gao Shide não tinha como se explicar.

No entanto, essa reação foi novamente mal-interpretada por Shuyi, que pensou que Gao Shide o estava seguindo para pegar algo embaraçoso sobre ele e se "vingar" das brincadeiras que vinha fazendo há algum tempo. Então, apontando para a saída da piscina, ele começou a gritar:

— Sim, admito que fui eu que estava tentando pregar peças em você. Não é por isso que você estava pensando em pegar os meus podres para me zoar? Queria rir de mim, né? Você já está satisfeito com o que viu até agora? Se está satisfeito, então me deixe em paz! Vai embora daqui!

---

6. ちょっと待って: "Espera aí" em japonês.

— Se você está triste, não fica forçando a barra... — Gao Shide tentou tranquilizá-lo.

— Me deixe em paz! Não me faça meter a porrada em você! — A mão direita apontando para a saída se fechou em um punho ameaçador.

— ... — Gao Shide, preocupado, observou o garoto teimoso e, sem abrir a boca, virou-se para ir embora.

Ao lado da piscina, Zhou Shuyi, cheirando a cloro, estava sentado no chão frio de azulejos, olhando com tristeza para a superfície azul da água, murmurando consigo mesmo:

— Que amuleto da sorte, hein? Não me trouxe sorte nenhuma...

Zhou Shuyi, entretanto, não sabia que depois de ter saído mais calmo do ginásio, Shide, que já tinha saído dali, voltou para a área da piscina pela entrada lateral; ele pulou na água e pegou o amuleto deixado no fundo da piscina. Todo molhado, adentrou o vestiário e foi até o armário de Zhou Shuyi deixando o cordão pendurado na maçaneta.

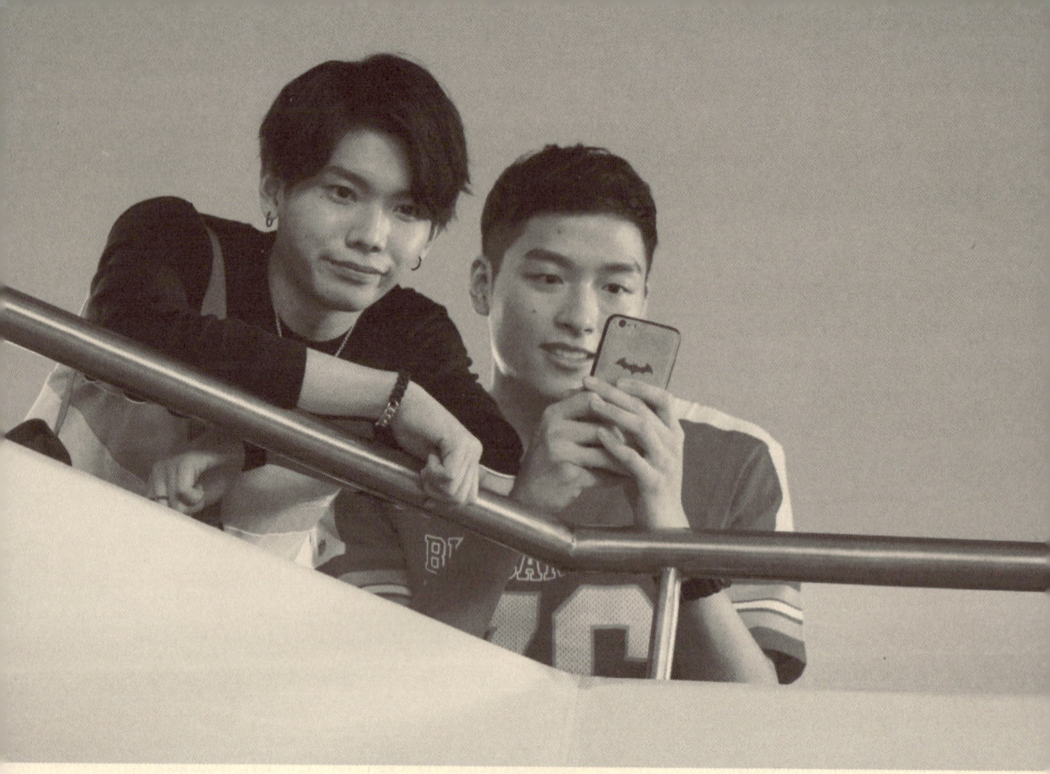

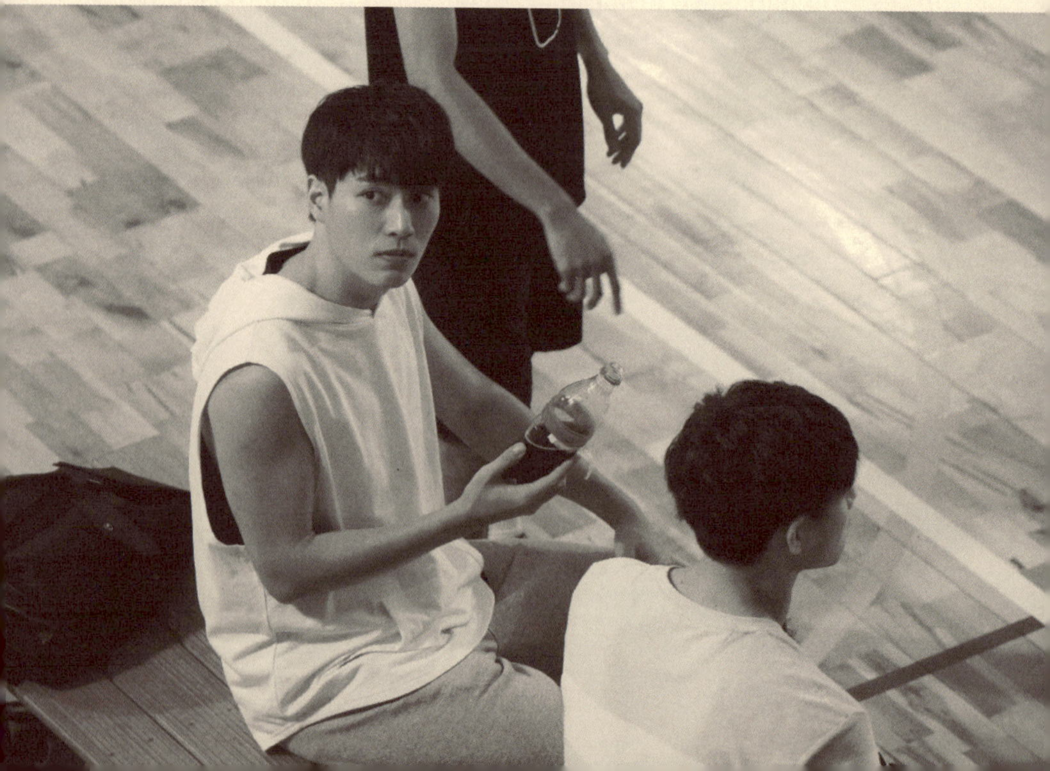

Capítulo 2

Seria ótimo estar ao seu lado

Shuyi havia trocado de roupa e agora seco, andava sem rumo pelo campus; sem procurar nada em especial, seus olhos vazios vagavam pelo caminho à frente. Até que ele avistou a entrada do auditório principal. Ela estava decorada com diversos balões e tinha uma faixa que dizia: "O Clube de Teatro Apresenta: Fetish Class". Baseado no romance policial do mestre japonês Sonoko Natsuya, "Fetish Class" narra a história de um dia fatídico em que corpos desmembrados foram encontrados em uma escola de ensino médio. À medida que partes dos corpos de outras vítimas vão sendo descobertas em suas respectivas casas, um massacre em massa ocorrido há dezoito anos vem à tona. Entre suspeitas e assassinatos cruéis entre colegas, é revelado que o assassino levava partes dos corpos das vítimas para satisfazer seus desejos sexuais.

— Realmente...

Com um sorriso amargo no rosto, ele olhou para as grandes letras escritas em vermelho na placa e pensou que aquilo tudo realmente era efeito da Lei de Murphy: quanto mais você não quer errar, mais é provável que você erre, e o que você não quer encontrar, definitivamente o encontrará. Assim como ele, que acabara de "terminar" um relacionamento, teve a "sorte" de encontrar o clube de teatro ensaiando "Fetish Class" enquanto caminhava sem rumo pela universidade.

As nuvens feitas de balões brancos atraíram seus passos, permitindo que ele pisasse no auditório passo a passo. No palco em que os membros do clube de teatro estavam ocupados organizando tudo, ele se sentou e observou seus colegas ensaiando, naquele momento, um sentimento comiserante fez com que ele zombasse de si mesmo: "Eu não posso nem falar sobre o que é se apaixonar...". Sentimentos que não tiveram chance de serem expressos nem sequer podem ser qualificados para serem chamados de "amor", então não há como perdê-los.

"Por que você gosta do Zhengwen?", "Por que a pessoa que você gosta não sou eu?", "As coisas que fiz não foram suficientes?", "Não sou digno de um amor recíproco?", pontos de interrogação de autodepreciação continuavam aparecendo em sua mente, mas a única resposta racional que ele encontrava era: "Jiang Yuxin simplesmente gosta do Fang Zhengwen".

"Por que ela gosta dele? É porque ela simplesmente gosta dele. Mas por que eu não sou quem ela gosta? Porque você não é ele. Então as coisas que fiz não foram suficientes, certo? O que você tem feito já é suficiente, mesmo assim o coração da Jiang Yuxin bate apenas pelo Fang Zhengwen. Então isso quer dizer que eu não mereço um amor recíproco? Relaxa! Isso nem parece algo que você diria. A pessoa certa está te esperando no futuro e será uma pessoa que genuinamente gosta de você assim como você vai genuinamente gostar dela", respondeu a si mesmo.

— Com licença, colega. Desculpe interromper, mas precisamos ensaiar agora e você está sentado na cadeira que vamos usar — disse a garota de vestido branco enquanto se curvava educadamente diante de Zhou Shuyi.

— Desculpa! Vou sair imediatamente — respondeu a pessoa que acordou de seus pensamentos, imediatamente levantando-se e devolvendo o palco aos verdadeiros donos, sem mais expressões sombrias em seu rosto. No entanto, ele não percebeu a presença de uma pessoa parada no canto do palco, que sempre o seguia... sozinha.

* * *

Alguns dias depois...

Perto do prédio do Departamento de Finanças, Fang Zhengwen viu Zhou Shuyi sentado ao lado do lago de lótus de uma longa distância.

— Shuyi... — sussurrou seu nome, olhando para as costas de Zhou Shuyi, com um misto de emoções.

Desde a confissão de Jiang Yuxin, os dois amigos ainda não tinham conversado, pois Zhou Shuyi deliberadamente evitava ocasiões nas quais poderiam se encontrar, como nas aulas que tinham em comum, no refeitório, até mesmo no grupo que eles e outros amigos tinham para combinarem de se encontrar para jantar e cantar karaokê. Ele só visualizava as mensagens e não respondia nenhuma.

Da infância até a maioridade, eles não só foram colegas de escola como também foram vizinhos. Diferentemente dos bagunceiros e extrovertidos Jiang Yuxin e Zhou Shuyi, Fang Zhengwen era quem naturalmente cuidava dos dois, sempre colocando a situação em ordem depois que eles aprontavam alguma.

No seu segundo ano do ensino médio, ele percebeu que estava apaixonado por Jiang Yuxin. No entanto, a "irmã mais velha" que estava no primeiro ano da faculdade já tinha um namorado, então ele teve que guardar esses sentimentos e continuar desempenhando o papel de um "irmãozinho" gentil e atencioso. Foi nessa época que descobriu que um garoto forte, ambicioso, mas que tinha medo da solidão assim como ele também havia se apaixonado pela mesma garota. Contudo, ambos só poderiam ser vistos como "irmãozinhos". Por isso, ele sabia bem como era sentir algo por alguém que ama outra pessoa. Portanto, havia coisas que ele também precisava esclarecer com esse garoto.

— Zhou Shuyi, eu tenho algo para falar com você, você... — Sem dar a chance do outro fugir, Fang Zhengwen contornou o lago de lótus e ficou na frente de Zhou Shuyi, dizendo para o rosto ainda sem reação que olhava para a fonte da voz. No entanto, antes que ele pudesse terminar de falar, uma garota com uma mochila branca nas costas correu em direção a eles, segurando apostilas pesadas em seus braços e explicando ofegante.

— Sinto muito, o orientador não me deixou sair, tive que fazer algumas revisões imediatamente. Desculpa! Desculpa!

Jiang Yuxin só viu Fang Zhengwen de início, até que se aproximou o suficiente para notar a figura de Zhou Shuyi sendo bloqueada por ele, e naturalmente agarrou o braço de Fang Zhengwen, sorrindo enquanto fazia uma sugestão.

— Shuyi também está aqui? Que ótimo! Vamos nós três comer, é por minha conta.

— ...

A atitude involuntária dela o fez finalmente entender. Existia uma grande diferença entre "irmãozinho" e "pessoa amada"; por exemplo, Jiang Yuxin e Fang Zhengwen podiam andar de braços dados, já com Shuyi, ela não teria esse tipo de comportamento pois, aos olhos dela, ele é apenas um irmãozinho com quem brincou desde a infância, não a pessoa que ela amava.

— Ah, vocês podem ir comer sem mim. Não tô a fim de ficar de vela — falou Zhou Shuyi, com um tom envergonhado.

— Ficar de vela? Zhengwen ainda nem respondeu à minha declaração!

— Você ainda não respondeu? — perguntou Zhou Shuyi enquanto olhava a dupla de irmãos, que já estavam crescidos, com uma expressão surpresa.

— Eu...

Fang Zhengwen encarou os dois confuso, sem saber como responder à pergunta, pois o seu plano inicial era de fazer com que Zhou Shuyi entendesse a situação para que pudesse então responder à Jiang Yuxin. No entanto, a aparição repentina da garota no local acabou complicando a situação.

— Não importa, de qualquer forma eu esperei tanto tempo para reunir coragem e confessar meus sentimentos. Não me importo de esperar mais um pouco. Mas... — falou Jiang Yuxin enquanto transbordava felicidade com o seu sorriso e observava o garoto ao seu lado fingindo estar o ameaçando. — Se você não aceitar, tome cuidado.

— ...

Zhou Shuyi olhou para a interação doce dos dois e sentiu que realmente tinha se tornado uma "vela". Jiang Yuxin usou sua mão esquerda para agarrar o braço esquerdo de Zhou Shuyi e, com a outra, ela continuou segurando Fang Zhengwen e saiu puxando o seu "irmãozinho" e a pessoa que ela gostava.

— Shuyi, não é você que gosta de comida apimentada? Então, anda! Vamos comer um *hotpot*, aquele ensopado apimentado que vem acompanhado de uma sopa de ameixa agridoce em conserva. Só de pensar já fico com água na boca.

— Mas... — De cabeça baixa, ele olhou para os dedos que seguravam seu braço e começou a pensar em alguma desculpa para escapar.

— Finalmente encontrei você — falou uma voz que surgiu de repente na sua frente, quebrando o clima estranho. — Nós havíamos combinado de comermos juntos, esqueceu? Bora, pô, ainda tenho aula na parte da tarde. — Gao Shide segurou o braço de Zhou Shuyi separando-o dos outros dois e continuou: — Desculpa, mas eu vou levar este cara comigo.

— Quando foi que eles ficaram tão próximos? — Jiang Yuxin perguntou ao Fang Zhengwen que estava em pé ao seu lado.

Ela ficou olhando Gao Shide arrastar Zhou Shuyi enquanto balançava a cabeça confusa. Então, Fang Zhengwen pegou os materiais pesados da mão dela e eles foram juntos em direção ao portão da faculdade.

***

Em ambos os lados da avenida estão as azaleias que florescem na primavera — as belas flores que levam o significado de "para sempre serei seu".

— Me larga! Gao Shide, me larga, cara!

Zhou Shuyi andava no asfalto da avenida arborizada enquanto tentava se balançar para soltar-se da mão que segurava fortemente seu braço.

— Se eu te largar, você vem comigo? Você faz ideia de como era a expressão que estava fazendo agora há pouco? Ou não se importa de deixá-los descobrirem que você tem um crush pela Jiang Yuxin? — falou Gao Shide de forma curta e grossa.

Zhou Shuyi, com uma blusa de manga curta preta, massageou o braço dolorido que foi agarrado e respondeu:

— Tanto faz se eles souberem. Não vai fazer diferença nenhuma.

Gao Shide pegou seu celular e iniciou um vídeo gravado anteriormente, então virou a tela para o outro assistir.

— Então, se eu enviar esse vídeo para a Jiang Yuxin e o Fang Zhengwen, ainda não vai fazer diferença nenhuma?

O conteúdo do vídeo mostrava Zhou Shuyi chorando na beira da piscina depois de ver a declaração de Yuxin para Zhengwen.

— **FI-LHO-DA-PU-TA**!

Zhou Shuyi queria pegar o celular que registrara sua aparência miserável, mas Gao Shide foi mais rápido e o segurou firmemente em sua mão. Zhou Shuyi cerrava os punhos e encarava seu arqui-inimigo com raiva, gritando:

— Mas que porra você está tentando fazer? Me seguir não é mais o suficiente? Vai querer me ameaçar também?

A última frase fez Gao Shide franzir a testa, mas antes que sua verdadeira intenção fosse detectada, ele mudou para uma expressão indiferente e disse:

— Sim, é uma ameaça. Eu tô precisando de um colega de estudos, desde que você esteja disponível a qualquer momento, eu vou manter esse vídeo e o fato de que você tem um crush na Jiang Yuxin em segredo.

— Nem fodendo!

— É uma pena, a negociação fracassou.

Zhou Shuyi recusou imediatamente. Gao Shide balançou o telefone que armazenava o vídeo na frente dele e, no último segundo antes de pressionar o botão de envio, uma voz em pânico o impediu.

— **ESPERA!** — gritou o ameaçado, cerrando os dentes enquanto se segurava para não socar o outro, e seguiu perguntando: — Por quanto tempo?

— Por quanto tempo o quê?

— Ser seu ajudante. Por quanto tempo você acha que eu deveria ficar fazendo isso?

"Droga, não me diga que vai ser para sempre", pensou Zhou Shuyi.

— Até a formatura.

— **Seu**... — Ele olhou para o sujeito que mais odiava e censurou o palavrão que quase saiu de sua boca. Em algumas situações era necessário abaixar a cabeça para o outro. Ele teve que reprimir suas emoções e lutar por espaço de negociação. — Não existe nenhuma exceção?

— Como assim?

— Os prisioneiros têm a oportunidade de obter liberdade condicional. Se eu, como um servo, me comportar bem, posso reduzir o tempo que sirvo ao senhor?

Gao Shide cerrou os olhos, cheio de satisfação em olhar seu rival desde a infância. Ele fingiu que estava ponderando sobre a proposta por alguns segundos e depois assentiu com a cabeça.

— Posso até permitir a sua liberdade condicional caso você consiga me vencer.

Desde o começo, ele nunca teve a intenção de enviar o vídeo para ninguém, apenas o usou como uma tática baixa de ameaça para não ver mais a outra pessoa sofrendo. Não estava nem aí para a "liberdade condicional".

— Ganhar de você? Em qualquer coisa?

Olhando surpreso para o outro, ele não esperava que Gao Shide concordasse tão facilmente com a ideia de liberdade condicional.

— Exatamente. Em qualquer coisa.

— Beleza! Fechado!

Zhou Shuyi esfregou as mãos todo animado, instantaneamente pensando em dezenas de ideias para vencer Gao Shide.

Ele absolutamente tinha que vencê-lo para não deixar o vídeo vazar e para recuperar o orgulho que lhe foi roubado por muitos anos. Ele definitivamente ia passar por cima de Gao Shide.

— Vou passar a minha grade de aulas e meu endereço para você. Nos encontramos no térreo do meu prédio às oito horas em ponto. Se você atrasar um segundo, eu... — falou Gao Shide levantando o celular e balançando-o na frente do outro.

A pessoa ameaçada pôde apenas engolir em seco cheio de raiva em seu coração.

— Já entendi! Garanto que estarei lá às oito horas em ponto — disse Zhou Shuyi, frustrado, enquanto jogava sua mochila para trás com força e ia embora.

— Vou ficar esperando...

Olhando para a expressão de indignação do outro, Gao Shide ficou em pé no mesmo local enquanto ergueu os cantos da boca num leve sorriso em completo silêncio, seu olhar era gentil e complexo.

***

Gao Shide estava em pé na frente da porta do prédio, ele olhou para o relógio e faltava exatamente um minuto para dar oito horas da manhã. Decidiu pegar o celular para contatar a pessoa que deveria aparecer exatamente às oito horas, mas então avistou um carro preto vindo em sua direção. O veículo parou na frente de Gao Shide e a janela traseira do lado direito abaixou, revelando o rosto de Zhou Shuyi.

— Senta na frente.

— Eu prefiro ir de metrô.

— E eu prefiro pedir pro motorista me levar.

Gao Shide sacudiu o celular que tinha um certo vídeo comprometedor de Zhou Shuyi ameaçando-o para que ele fosse um "ajudante" obediente. Zhou Shuyi, sem escolha, saiu do carro e assistiu enquanto o motorista ia embora com o veículo.

— Satisfeito? Por sua causa não vamos chegar a tempo da primeira aula.

— É mesmo? Você não tem aula só depois das duas da tarde? — Gao Shide olhou para a pessoa que estava em pé do seu lado esquerdo e sorriu. — Eu tenho a sua grade horária.

— Puta merda! Pegou a minha grade horária só para conseguir me monitorar, seu safado?

— Bora! Eu tenho a terceira aula.

Zhou Shuyi olhou para a pessoa que se afastou com a mochila nas costas e disse insatisfeito:

— Você só tem a terceira aula? Então, por que me chamou às oito da manhã?!

— Para tomar café da manhã.

— Além de me fazer assistir aula com você, ainda quer que a gente tome café da manhã juntos?! — protestou Zhou Shuyi.

— Rápido, senão vamos chegar atrasados.

— Ridículo!

Embora estivesse irritado, Zhou Shuyi não tinha escolha a não ser seguir Gao Shide e acompanhá-lo para tomar café da manhã, já que este tinha uma coisa muito comprometedora sobre ele em suas mãos.

Na sala de aula do departamento de Ciência da Computação, o professor estava dando uma aula animada no palco, e os alunos do quarto ano, prestes a enfrentar o exame de graduação, estavam sentados ouvindo atentamente.

— Hoje vamos discutir em aula a aplicação da tecnologia da informação na indústria de serviços, especialmente como fazer promoções precisas e eficazes através da tecnologia de mineração de dados. Primeiro, analisamos os critérios de julgamento lógico, como as preferências dos clientes, horários de compra, ou julgando se os consumidores são casados ou solteiros, a partir das características dos produtos comprados. Em seguida, usando *big data* para identificar a identidade dos clientes, resumimos todos os produtos relacionados às suas preferências de consumo...

De repente, uma cabeça caiu no braço esquerdo de Gao Shide. Ignorando os olhares de outras pessoas, Shuyi continuou cochilando com o "travesseiro" moderadamente macio.

— Acorda ele, rápido! Ele vai se foder se o professor o vir assim — avisou com a voz baixa Shi Zheyu que estava sentado do lado direito de Gao Shide.

— Não tem problema, deixa ele dormir.

Gao Shide sorriu, moveu um pouco o corpo para a esquerda para que Zhou Shuyi pudesse dormir mais confortavelmente apoiado nele.

— O que um aluno de Finanças está fazendo na aula de Gerenciamento de Tecnologia da Informação? E por que ele está sentado do seu lado? O que está acontecendo entre vocês dois?

Desde que Gao Shide começou o segundo ano do curso de Ciência da Computação, Shi Zheyu foi atraído pelo excelente desempenho de seu colega. Esse sentimento passou de admiração a um crush e ele planejava se declarar quando julgasse ser a hora certa. No entanto, de repente apareceu Zhou Shuyi, que seguia Gao Shide todos os dias e dormia na aula apoiado em seu braço.

— Concentre-se na aula.

Diante das dúvidas de seu amigo, Gao Shide apenas mudou o olhar de volta para o livro didático sem responder.

— ...

Shi Zheyu franziu a testa, mas também sabia que não haveria resposta se continuasse perguntando. Ele virou a cabeça e continuou ouvindo a explicação do professor.

Na fileira de trás da sala de aula, Gao Shide escrevia as notas da lousa no espaço em branco de seu caderno, mas toda vez que abaixava a cabeça para fazer as anotações, ele não conseguia deixar de olhar para a pessoa que se apoiava em seu braço.

***

No pátio...

Durante o intervalo no período da tarde, muitos estudantes iam sentar no pátio para almoçar. Zhou Shuyi segurava uma bandeja de comida com suas duas mãos, seguindo atrás de Gao Shide. Ao mesmo tempo que estava escolhendo o que pegaria para comer, estava pensando também a respeito de como vencer seu oponente, condição esta que era capaz de lhe dar liberdade condicional da sua prisão como ajudante.

Gao Shide escolheu uma mesa para sentar, enquanto Zhou Shuyi ainda estava preocupado em encontrar alguma coisa para competir com seu "senhor", sentando-se em uma mesa do outro lado do corredor de acordo com seu antigo hábito. Indo atrás deles o tempo todo, Shi Zheyu sentou-se em frente a Gao Shide e perguntou insatisfeito:

— Desde quando vocês começaram a se dar tão bem? Tão bem que até saem juntos das aulas?

Gao Shide não tinha interesse em responder a essas perguntas, então apenas continuou a comer a comida de sua bandeja olhando de canto de olho para Zhou Shuyi que parecia muito concentrado em algo, como se estivesse em um transe.

— Shuyi! — gritou uma voz animada atravessando todo o refeitório.

Liu Bingwei carregava uma bandeja de comida enquanto andava até ficar entre as duas mesas. Primeiro, encarou Gao Shide nos olhos e depois se sentou ao lado de Zhou Shuyi para cruzar o braço no dele.

— Porra, você é muito inteligente! — falou Liu Bingwei com a voz baixa.

— Quê? — Zhou Shuyi acabara de recuperar a consciência e parecia confuso sem entender do que o outro estava falando.

— Se infiltrar no campo do inimigo é uma estratégia militar! Como conseguiu? Já achou algum ponto fraco nesse cara? Da próxima vez, o que planeja fazer exatamente...

Zhou Shuyi rapidamente cobriu a boca de Liu Bingwei e depois levantou a cabeça para dar uma olhada em Gao Shide, que estava sentado ao lado, soltando a mão que estava na boca do amigo e aproximou-se para mais perto do rosto dele.

— Se toca, cara! Agora não tenho tempo para falar! — disse Zhou Shuyi com a voz baixa.

A pessoa que sofreu com as pegadinhas ainda tinha o controle nas suas mãos; por isso, ele ainda precisava continuar servindo o "senhor Gao" como seu ajudante pessoal.

— Zhou Shuyi...

Gao Shide levantou-se com a bandeja e foi até a outra mesa, deu uma olhada de soslaio para Liu Bingwei e colocou as almôndegas no prato de Zhou Shuyi.

— O que foi?

— Eu não quero comer, então tô dando pra você.

— *Tsc*, que fresco! Ainda bem que estou aqui para te ajudar a cuidar dessa tarefa tão difícil — falou Zhou Shuyi com desdém.

A expressão de Zhou Shuyi não era condizente com seus pensamentos, seu sorriso demonstrava um sentimento de "no fim das contas, valeu a pena". Shi Zheyu avistou essa cena e um ódio começou a subir por seu corpo, o que o fez pegar a sua bandeja e sentar na frente de Zhou Shuyi. Ele, então, pegou o garfo e mirou a almôndega na bandeja enquanto encarava Gao Shide e falou:

— Eu gosto de almôndegas, então posso te ajudar a comer.

— Não pode!

Zhou Shuyi rapidamente fez uma barreira com os braços ao redor da bandeja, parecendo um cachorro protegendo sua comida. Essa atitude infantil fez com que os outros dois que estavam ali começassem a rir, menos Shi Zheyu, que ainda com muita raiva, bateu o garfo na mesa deixando-o ficar com a almôndega.

— Você come e depois dorme, dorme e depois come. Por acaso é um porco? Não prejudique a nossa aula e vá pra casa dormir, seu babão. Eu não sou como você, não quero ficar em último lugar na prova final.

Assim que Shi Zheyu terminou de falar, Liu Bingwei o confrontou:

— Mesmo que Zhou Shuyi durma na aula, ele ainda tira notas impressionantes.

— Eu estou falando com ele, então não se meta! — disse Shi Zheyu com raiva, encarando o cara que tentou defender o amigo. No entanto, escutou vindo de trás de suas costas alguém recitando o conteúdo da aula anterior.

— Primeiro, analisamos os critérios de julgamento lógico, como as preferências dos clientes, horários de compra, ou julgando se os consumidores são casados ou solteiros a partir das características dos produtos comprados. Em seguida, usando *big data* para identificar a identidade dos clientes, resumimos todos os produtos relacionados às suas preferências de consumo... E aí? Ainda preciso continuar?

— ...

Shi Zheyu olhou chocado para o rosto de Zhou Shuyi, enquanto os outros dois não mostravam nem um pouco de surpresa, pois eles já haviam testemunhado as habilidades dele. Gao Shide sorriu enquanto olhava para a pessoa cheia de arrogância, pensando que Zhou Shuyi era realmente excelente em tudo o que fazia.

— Perdão, tem pessoas que dormem na sala e conseguem estudar, como, por exemplo, **EU**!

O tom provocativo fez o outro se sentir humilhado, o que o deixou com mais raiva.

— E daí? Você continua perdendo para o Shide o tempo todo!

— Eu vou explicar, ok? Não é que o Shuyi perde para o Shide, ele só não ganha do Shide.

Liu Bingwei ainda estava tentando defender o amigo, mas foi atingido no estômago pelo cotovelo deste que estava com o rosto irritado.

— Porra! Não é melhor você falar mais alto? Acho que o pessoal do outro lado do refeitório não conseguiu ouvir.

Zhou Shuyi recolheu o cotovelo e disse francamente:

— Eu realmente ainda não ganhei do Gao Shide.

— Você é bem sincero. — Shi Zheyu não sabia que seria respondido daquela forma, o que fez ele não só ficar surpreso, mas também ficar admirado com aquele cara irritante.

— Perder é perder, ganhar é ganhar, não há nada a negar — falou Zhou Shuyi dando de ombros.

De repente, duas figuras chegaram do lado de fora e entraram no refeitório dos estudantes. Localizados de frente para a entrada, aqueles que conseguiram ver antes tiveram a sorte de abaixar as cabeças para comer o que faltava de suas bandejas o mais rápido possível.

— Estou cheio. Vou ficar te esperando lá fora — disse Zhou Shuyi.

— Beleza!

Liu Bingwei pensou que Zhou Shuyi estava falando com ele e imediatamente largou seus palitinhos para sair com o amigo, mas levou um fora de Gao Shide.

— Isso não é da sua conta.

Depois que Gao Shide pronunciou essas palavras, ele colocou a mochila nas costas, pegou sua bandeja e a de seu ajudante e se levantou da cadeira. Então, deu uma leve corrida para alcançar os passos de Zhou Shuyi, os dois saindo juntos do refeitório agitado.

— Gao...

Shi Zheyu olhou para a figura que já estava longe e, depois de um bom tempo, parou de olhar, frustrado. No entanto, seus olhos pararam em Liu Bingwei, que estava com a boca cheia de comida e, então, numa onda de raiva, pegou o último pedaço de porco empanado da bandeja dele.

— Ei!

— O que foi?

Vendo a costeleta de porco que lhe foi roubada e olhando para a expressão "estou com raiva" escrita na cara do outro, Liu Bingwei balançou a cabeça, pegou os cubos de rabanete em conserva que estavam ao lado da costeleta de porco e colocou-os no prato de Zheyu. E então, ele sorriu e disse:

— Coma o rabanete junto, para quebrar um pouco da gordura do empanado.

— ...

Apesar de seu acesso de raiva ter sido sem sentido, o sorriso tonto que o outro lhe deu ao colocar o rabanete em sua bandeja o acalmou, como se também estivesse depositando algo em seu coração.

— Coma rápido! Ainda tem aula à tarde.

— Ah, é.

O mau humor de Shi Zheyu foi passando aos poucos e sendo substituído pelos sabores em sua boca. O crocante do empanado, o suculento aroma da carne, e os cubos de rabanete em conserva que foram embebidos em vinagre e açúcar, com um sabor doce e ácido, misturados com um sabor de toranja.

* * *

A pessoa que saiu apressadamente do refeitório foi agarrada pelo ombro e puxada para a parede por alguém que a seguia. Gao Shide olhou para Zhou Shuyi, que parecia triste.

— Até quando você vai ficar fugindo? — perguntou Gao Shide com raiva.

Na opinião dele, já que Jiang Yuxin havia decidido ficar com Fang Zhengwen, Zhou Shuyi, que tinha apenas um amor unilateral, deveria deixar esse sentimento de lado, caso contrário, só iria se machucar.

— Eu sei, mas quando a vejo, ainda sinto... — disse Zhou Shuyi enquanto segurava o colar que pendia sobre seu peito, um amuleto que ele considerava de sorte, franzindo a testa. Antes, eles eram um trio inseparável, que conversava sobre tudo sem restrições, mas agora, ao ver os outros dois juntos, só conseguia sentir constrangimento e perplexidade.

— *Baka*! — Gao Shide olhou para a pessoa dolorida e não pôde deixar de xingar em japonês, mas a outra pessoa revidou.

— Você é o único idiota aqui — refutou Zhou Shuyi, franzindo o cenho. — Por que estou falando com você? Você não entende nada.

— Eu entendo — respondeu Gao Shide.

— Você não entende nada... — retrucou Zhou Shuyi, a última palavra foi sufocada pelo susto. Ele olhou com surpresa para Gao Shide, que o prendia contra a parede com um olhar muito sério.

— Gao Shide, você gosta de alguém? Quem é? Deve ser aquele seu melhor amigo, o Shi Zheyu, né?

— ...

Gao Shide respondeu com um olhar complicado, negando a suposição sem fundamentos de Zhou Shuyi, soltando-o e virando-se para sair.

— Ei! Eu só estava te zoando, não precisa ficar puto.

— Eu não estou puto.

— Então, me fala logo, quem é a pessoa que você gosta? — falou Zhou Shuyi enquanto colocava suas mãos e rosto encostados no ombro de Gao Shide com um sorriso brincalhão mais parecendo um repórter de revista de fofoca, esgueirando-se no mundo das emoções dos outros.

— Não quero falar.

— Qualé! Você já sabe todos os meus segredos, então quero saber os seus também.

— Não quero falar para você — disse Gao Shide com um tom que escondia algo.

Aproveitando o momento que a outra pessoa estava pensando no significado dessa frase, Shide retirou as mãos que estava em seu ombro e foi em passos rápidos para a saída.

— Poxa! Eu já fui seu servo por tanto tempo, não pode me dar uma fofoca pelo menos? Mão de vaca!

Ao mesmo tempo que protestava, ele andava mais rápido para alcançar e conseguir colocar de volta o braço ao redor dos ombros do outro enquanto os dois andavam em uma ciclovia rodeada pelo verde.

***

No mercado noturno...

Gao Shide envolveu seus braços ao redor do peito e levantou o queixo, apontando com os olhos para os balões de várias cores presos nas placas; a expressão em seus olhos era de confusão.

— Isso mesmo, aqui mesmo — respondeu Zhou Shuyi, assentindo com a cabeça. — Nós já competimos em tudo, exceto jogos. Hoje vamos decidir quem é o melhor aqui.

A única esperança que tinha para acabar com a vida de ajudante o mais rápido possível era vencendo aquele cara de uma vez por todas.

— Eu pensei que você havia me procurado para... — falou Gao Shide, soltando seus braços cruzados enquanto olhava ao redor. Então posicionou-se para colar seu corpo ao lado do de Zhou Shuyi e na orelha deste, com a voz mais baixa, continuou:

— ...um encontro.

Zhou Shuyi cobriu rapidamente a orelha que ficara vermelha pela respiração de Gao Shide e falou embaraçado:

— Sair com você? Nem em sonho! Você quer jogar ou não?

— Aceito. — A pessoa que sempre ficou em primeiro lugar, arregaçou as mangas e falou calmamente para o desafiante envergonhado.

Alguns minutos depois, a pessoa que perdeu três rodadas seguidas deixou os dardos de arremesso de balões e foi para a barraca ao lado, rosnando ameaças.

— Vamos continuar! Eu não acredito que não posso te derrotar!

Depois de falar, ele levantou a pistola de ar na cabine e apertou os olhos para mirar na roleta giratória e nos balões que estavam presos nela. Olhando para o rosto concentrado que competia seriamente, Shide não pôde deixar de mostrar uma expressão de carinho, hesitando ao pensar se devia deixar o outro ganhar.

— Ah...

Ao fim da disputa, Gao Shide olhou em direção à sua placa de isopor e viu que não havia restado nenhum alvo. Já na placa do outro, um balão rosa insistente ainda estava ali, o separando da vitória e, consequentemente, de sua liberdade. *Ops*, parece que Gao Shide ganharia mais uma vez.

— *Hmph*! Próximo!

Como era de se esperar, Shuyi, que era uma pessoa competitiva e teimosa, não aceitou a derrota; ele olhou para Shide, jogou a pistola de ar e agarrou o pulso dele; zangado, foi correndo para uma loja onde havia máquinas de pegar bichinhos de pelúcia.

Vinte minutos depois...

— Obrigada.

Duas garotas do ensino médio pegaram os bichinhos de pelúcia entregues pelo jovem mais velho e saíram felizes da loja de jogos.

— E agora? — Gao Shide virou-se para olhar a pessoa que ainda não tinha ganhado nenhum jogo durante a noite toda.

— O próximo jogo...

Ele mal terminara de falar, quando o telefone que estava na palma de sua mão começou a vibrar violentamente. Zhou Shuyi olhou para a tela e viu que era o alarme que havia definido anteriormente, então colocou o telefone de volta no bolso da calça e saiu da loja.

— Zhou Shuyi? — gritou Gao Shide na frente da máquina, intrigado.

— Você tem aula amanhã às oito da manhã, certo? Nada de continuar jogando, vamos embora! — Zhou Shuyi se virou e disse antes de se afastar, resmungando enquanto caminhava: — Que merda, eu realmente virei um servo.

Gao Shide olhou para Zhou Shuyi, que podia recitar sua grade horária de memória; primeiramente ficou atordoado e depois um leve sorriso apareceu em seus lábios. Aparentemente, essa era a sensação de se importar com alguém; essa era a sensação de ter alguém em seu coração. Embora haja coisas que não possam ser ditas e situações que precisam ser mantidas em segredo, esse tipo de relacionamento era realmente bom... Muito bom. Então, com um sorriso indescritível no rosto, ele seguiu os passos de Zhou Shuyi e deixou o mercado noturno cada vez mais agitado.

***

Dentro da biblioteca...

Zhou Shuyi bocejou, seus olhos concentrados no livro, de repente notaram Gao Shide dormindo sobre a mesa. Ele pegou a caneta em sua mão e fez um gesto como se fosse espetar Gao Shide, mas pensou que isso não seria suficiente para aliviar a frustração que sentia por estar sendo oprimido por alguém. Então, colocou a caneta na mesa, planejando em seguida estrangular seu carrasco. De repente, um pensamento passou por sua mente e um sorriso malvado apareceu em seu rosto. Ele se levantou silenciosamente, planejando pegar o telefone de Gao Shide enquanto o garoto dormia e excluir o vídeo que estava sendo usado para ameaçá-lo.

— *Humph*, vamos ver como você vai me ameaçar agora — falou Zhou Shuyi sussurrando.

Murmurando baixinho para si mesmo, ele se aproximou cautelosamente de Gao Shide por trás e procurou em sua mochila pendurada na cadeira, mas não encontrou nada. Assim, começou a ponderar sobre onde essa pessoa poderia ter guardado o celular e foi então que enxergou pelo canto de olho, dentro do bolso da calça de Shide, o objeto que procurava. Zhou Shuyi calmamente segurou a parte do celular que estava para fora do bolso, pretendendo apagar o vídeo enquanto o outro não estava prestando atenção. No entanto, ele não imaginava que a pessoa que estava dormindo na mesa abriria os olhos e pegaria a mão direita de um "certo alguém" que estava fazendo algo errado. O rapaz que estava roubando levantou a cabeça com o susto, mas acabou perdendo o seu senso de equilíbrio e caindo em direção à coxa de Gao Shide. A cena que parecia muito íntima foi vista por Jiang Yuxin e Fang Zhengwen, que estavam na biblioteca procurando alguns livros.

— Eita! — falou Jiang Yuxin quando viu Gao Shide com a parte superior de seu corpo sobre a mesa, enquanto Zhou Shuyi estava deitado em sua coxa.

A pilha de livros que ela segurava na altura do peito caiu no chão e um som alto abruptamente soou, quebrando todo o silêncio dentro da biblioteca.

— Y-Yuxin?

Zhou Shuyi virou-se e viu os dois parados diante de uma estante. Os quatro se olharam através do corredor, um surpreso, um chocado, um com expressão complexa. Apenas Gao Shide, que estava sentado na cadeira, conseguiu entender a confusão nos olhos da garota.

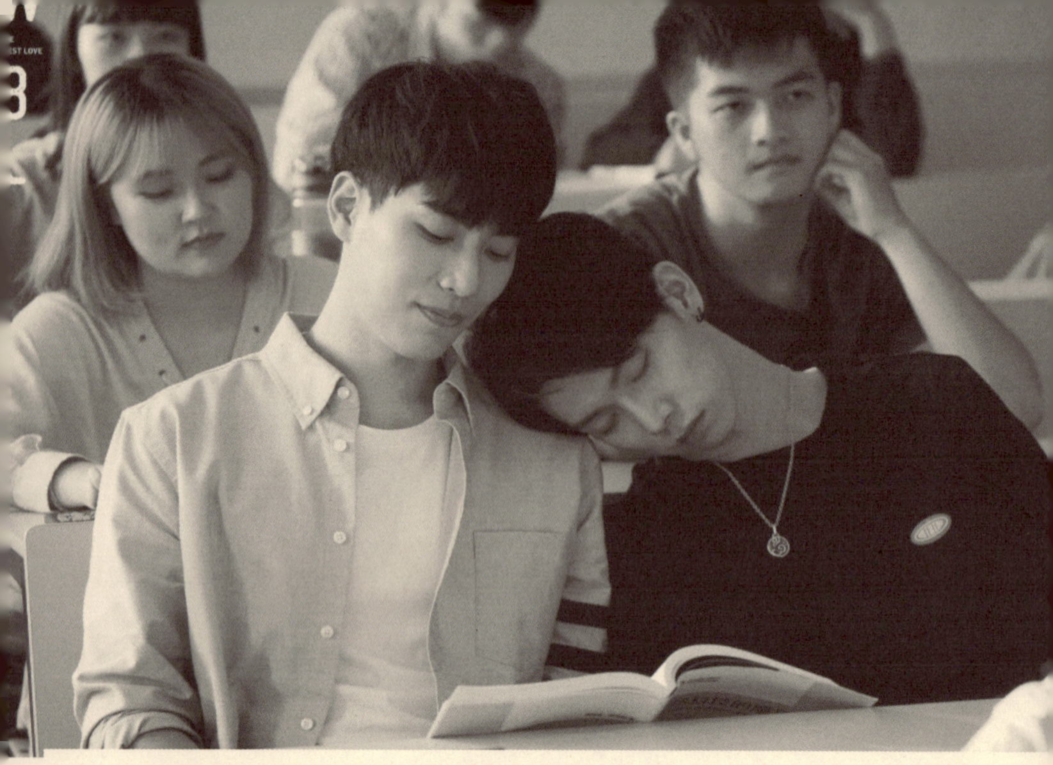

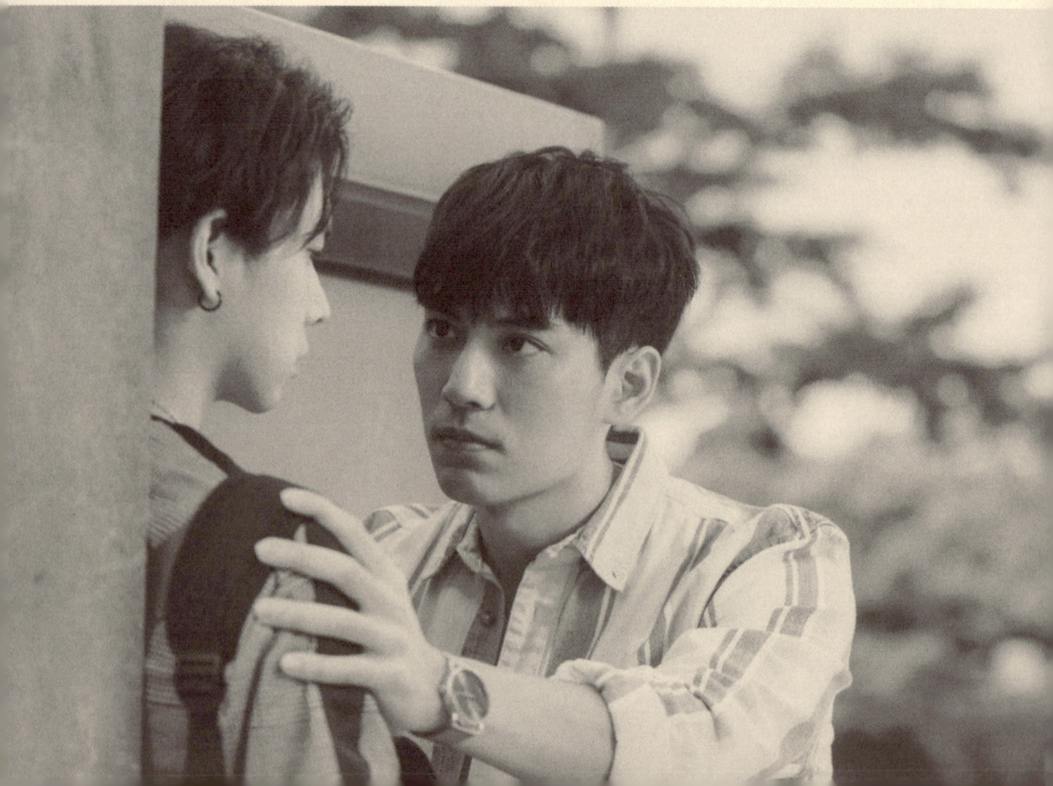

Capítulo 3

Cada vez mais perto

Do lado de fora da biblioteca...

— Então, você e o Gao Shide não estão juntos? — perguntou mais uma vez a garota agachada no meio do pátio central de frente para Zhou Shuyi.

— Como eu poderia estar com ele? Para de inventar — respondeu Zhou Shuyi, com um tom de desânimo e frustração; seus olhos miravam o chão.

Jiang Yuxin estava olhando para o garoto que nunca havia conversado sobre amor. Ela fechou o punho numa tentativa de encorajá-lo.

— Não se atreva a negar só porque você não falaria disso comigo, em que época você vive? Se realmente gosta dele então vá atrás desse sentimento, não importa quem seja a pessoa de quem goste, eu e o Zhengwen vamos apoiá-lo.

— Yuxin...

Diferentemente dos outros que eram mais extrovertidos, Fang Zhengwen olhava para a pessoa que estava com a cabeça baixa com um olhar mais suave e, puxando a manga da blusa da garota, tentou mudar de assunto.

— ...

Zhou Shuyi mordeu os lábios como se a qualquer momento pudesse extravasar todos os seus sentimentos, deixando cair lágrimas de seus olhos, impulsivamente, por uma garota que já gostava de outra pessoa.

"Eu gosto de você, Jiang Yuxin! A pessoa que eu gosto sempre foi você!", pensou.

Separados por certa distância, Gao Shide estava na frente de um pilar branco incapaz de continuar como um observador passivo, pois estava quase perdendo o controle enquanto olhava para aquela pessoa. Por esse motivo, entrou no meio da conversa dos três usando sua mão esquerda e cobriu os olhos de Zhou Shuyi, bloqueando o rio de lágrimas prestes a jorrar no rosto do rapaz.

— Nós ainda temos umas coisas pra resolver. Vamos — disse ele antes de sair, segurando o braço de Zhou Shuyi e pegando sua mochila, ignorando os olhares surpresos dos outros dois, deixando o pátio fora da biblioteca.

***

Dentro da sala do Clube Estudantil, uma panela que estava em cima do fogão de indução cozinhava um ensopado apimentado, os demais componentes do prato, como pimentas e outros condimentos, exalavam um aroma delicioso. Os ingredientes cozidos borbulhavam na superfície da sopa.

Zhou Shuyi, observando a outra pessoa colocar fatias de carne na panela, perguntou:

— Como você sabe o tipo de comida que eu gosto?

Gao Shide pegou uma colher de sopa e colocou um pedaço de sangue de pato tenro na tigela do outro, dizendo:

— Desde o ensino fundamental eu sei tudo o que deveria, e também o que não deveria saber sobre você.

A resposta enigmática surpreendeu o ouvinte, que pensava que esse indivíduo o via apenas como um concorrente e não se importava com nada além da competição.

— Sobre agora há pouco... obrigado... — Zhou Shuyi colocou o copo de Coca-Cola na mesa, recostou-se na cadeira e sorriu amargamente. — Se você não tivesse me arrastado dali, provavelmente eu teria dito coisas das quais iria me arrepender. Ela desde pequena era como uma irmã mais velha bobona com o pavio curto e dominadora. Apenas o Zhengwen consegue lidar com ela e agora que os dois estão juntos... São realmente o casal perfeito.

Gao Shide não respondeu, apenas o escutava falando sobre a garota pela qual era secretamente apaixonado há anos e ia calmamente colocando os ingredientes que já estavam cozidos na tigela de Zhou Shuyi. Depois de algum tempo falando sozinho, Zhou Shuyi percebeu que a atmosfera estava muito estranha; então, respirou fundo, endireitou as costas e pegou os palitinhos ao mesmo tempo que olhava aquele *hotpot* vermelho-vivo.

— Os camarões estão prontos?

— Estão — falou Gao Shide tirando a casca do camarão e colocando na tigela do outro. Olhou para o rosto do rapaz, na tentativa de explorar mais, e continuou: — Você não parece... ligar tanto para Jiang Yuxin como antes.

— É o que parece.

Shuyi adorava comer camarão, mas odiava sujar as mãos e ter que descascá-los. Sem cerimônia, ele pegou com os palitinhos o camarão da tigela e colocou-o na boca. Gao Shide olhou a expressão nos olhos de Zhou Shuyi, empurrou a cadeira para trás, levantou-se e andou até a pia para lavar as mãos, retirando a gordura que estava na ponta dos dedos e o cheiro de frutos do mar com água e sabão. Ao pegar o papel para secar as mãos, falou:

— Na verdade, o que te entristece não é o fim do relacionamento, mas sim o fato de que você nem mesmo teve a chance de lutar, tendo que desistir antes mesmo do início da competição.

— Talvez sim! De qualquer forma, já passou, o importante é que ela está com a pessoa que gosta — disse ele enquanto comia o camarão e franzia o nariz.

O camarão era claramente fresco e doce, mas as suas papilas gustativas sentiam um sabor amargo. Então, ele mudou de assunto e perguntou para o outro que também estava comendo *hotpot*:

— E você? Se a pessoa que você gosta, gostasse de outro, o que você faria?

Depois de um tempo fingindo que estava refletindo profundamente, Shide inclinou o corpo na direção do outro mostrando um sorriso malicioso para respondê-lo.

— Eu destruiria a relação deles e entraria na jogada.

— *Maji ka*[7]? — perguntou Zhou Shuyi ao escutar a resposta; seus olhos se arregalaram, ele não esperava que esse cara fosse tão malvado, capaz não só de destruir o relacionamento dos outros, mas também de se aproveitar da situação.

— Estou só zoando, cara — disse Gao Shide, observando a reação da outra pessoa, com uma expressão indecifrável. Então ele puxou seu corpo de volta para o lado e continuou a pegar camarões cozidos na panela, descascando-os e servindo Zhou Shuyi, de forma organizada. Na verdade, se pudesse, Gao Shide gostaria de mostrar quem ele realmente era para o outro, mas como teria coragem? Ele não conseguiria aguentar as consequências desse ato, principalmente agora que eles estavam mais próximos...

Depois de terminarem a refeição, eles lavaram as louças e talheres e saíram da sala do clube prontos para as aulas do período da tarde. Logo após darem alguns passos, Zhou Shuyi parou, colocando a mão sobre o estômago e com o rosto extremamente pálido:

---

7. まじか: "Sério mesmo?" em japonês.

— Posso não ir para a sua aula hoje? — falou Zhou Shuyi com a voz fraca.

A outra pessoa nem respondeu, apenas franziu as sobrancelhas e agarrou o pulso de Zhou Shuyi, indo na direção oposta.

— Pra onde você tá indo? A sala fica para o outro lado. Ai... Espera, espera, anda mais devagar... mais devagar...

A voz dolorida ecoou no corredor fora da sala do clube enquanto a figura deles gradualmente desaparecia.

* * *

Na enfermaria...

— O que passa no cérebro dos universitários nos dias de hoje?

O homem colocou as duas mãos nos bolsos do jaleco branco; ele estava com uma expressão debochada, depois virou o rosto para zombar de Gao Shide.

— Se quiser que ele morra, é só cozinhar esse *hotpot* para ele todos os dias.

— ...

A pessoa repreendida apenas abaixou a cabeça, mas não pôde deixar de falar o motivo de tudo quando as dores de estômago do outro, causadas pela comida picante, ficaram insuportáveis.

— Fui eu que comi, por que você está repreendendo ele? — disse Shuyi com um tom de defesa misturado com uma gentileza que nem ele próprio percebeu, fazendo Gao Shide olhar para o seu rosto.

O homem pegou a ficha médica e bateu contra a boca do estômago de Zhou Shuyi, mantendo-a no peito dele enquanto continuava a repreendê-lo.

— Nos Estados Unidos, eles têm uma política de tolerância zero para dirigir embriagado, até mesmo um dono de bar pode ser processado por não impedir um cliente bêbado de dirigir e causar um acidente que resulta em ferimentos ou mortes. Ele sabia que você tem problemas de estômago e que deve evitar alimentos picantes, mas ainda assim cozinhou *hotpot* picante para você. Ainda acha que eu não deveria repreendê-lo?

— Você é mesmo o médico da escola? Como fala assim com os pacientes? — com olhos desconfiados, ele desceu a visão para a identificação pendurada no peito do outro, onde estava escrito "Pei Shouyi".

— Esta cartela de remédio é para aliviar a dor temporariamente. Lembre-se de ir ao hospital — falou o homem enquanto tirava um remédio para dor no estômago e uma prescrição médica, entregando a Zhou Shuyi.

Gao Shide entrou no meio e pegou a cartela antes do paciente alcançá-la. Quando Pei Shouyi viu a interação dos dois, ergueu o canto da boca e olhou para o garoto que estava com a barriga doendo.

— Lembre-se de comer comidas mais leves e menos gordurosas durante esta semana, mas, caso realmente queira morrer, não terei como impedir — falou Pei Shouyi friamente. Depois disso, ajeitou a coluna e deu uma olhada na pessoa que estava sentada ao lado da maca e perguntou: — Tem certeza que é esse idiota?

Gao Shide abriu os olhos enquanto olhava diretamente para os dele, levantou-se e foi andando até a frente do bebedouro enchendo o copo com água quente. Ele retornou para o lado da maca e abriu um dos lacres do remédio de estômago, colocando-o na palma da mão e entregando tanto a água como a medicação para Zhou Shuyi.

— Tome os remédios e durma.

— Oh... ok.

Zhou Shuyi pegou o copo de papel com a água morna e engoliu lentamente as pílulas que aliviariam sua dor, pressionando a barriga com as mãos enquanto deitava.

— Durma um pouco — falou Gao Shide, puxando a coberta fina da enfermaria e colocando em cima de Zhou Shuyi até a altura do seu estômago.

Ele aguardou até que a pessoa na cama estivesse profundamente adormecida, com a ajuda de medicamentos, respirando calmamente. Então, fez um sinal com os olhos para o médico, que vestia um jaleco branco, indicando que era hora de sair. Mais tarde, Pei Shouyi saiu e fechou a cortina para proteger a privacidade do estudante que não se sentia bem, proporcionando um espaço tranquilo para ele dormir. Em seguida, sentou-se à mesa e contemplou o rapaz, notando as características semelhantes às suas.

— Do que está com medo? Se gosta dele, então seja direto e fale.

— Ele não vai gostar de mim.

— Eu não entendo.

A confusão no rosto do homem dizia que para ele era mais fácil decorar os 206 ossos do corpo humano em latim do que entender essa situação. Gao Shide sorriu amargamente e disse:

— Uma pessoa com problemas emocionais como você não conseguiria entender.

— ... — Sem falar nada, Pei Shouyi apenas franziu as sobrancelhas, fazendo-o ficar parecido com alguém que fazia o mesmo tipo de expressão.

No entanto, a emoção que raramente oscilava só ondulou levemente por um momento e rapidamente se tornou uma superfície tranquila e sem ondulações, como um lago, seguido de uma resposta mordaz:

— Já que ele não gosta de você, desista! Continuar com essa enrolação é masoquismo. — Ele ainda continuou: — Se você sabe que não haverá resultados positivos, por que continua insistindo? Por que ainda quer ficar ao lado dele sofrendo como amigo?

— Porque além de gostar dele, ele ainda é meu anjo; sem ele, eu não existiria agora. Estávamos no quinto ano quando nos conhecemos e naquela época meus pais haviam se divorciado. Eu estava muito triste, mas quando olhava a minha mãe sofrendo mais do que eu, só me restava fingir ser forte… — respondeu Gao Shide depois de um longo suspiro.

— *Ei! O que aconteceu com você? Você está bem? Se machucou? Daijoubu ka?*
Escondido dentro do prédio da escola depois das aulas terem terminado, o garoto segurava os joelhos sentado na escada, chorando. Por conta de uma voz não familiar, levantou a cabeça e viu um garoto de blusa preta com a cabeça torta parado na sua frente com um olhar curioso.

— *Por que você está chorando?*
— *Meu pai não quer mais ficar com minha mãe e eu.*
— *Mas você ainda tem a sua mãe, ao contrário de mim…* — O garotinho de camisa preta olhava o lenço que segurava firmemente em sua mão, quando com seriedade disse: — *A minha mãe virou um anjo!*

O garotinho deu tapinhas no ombro do novo amigo que estava chorando e o consolou como se fosse um adulto:

— *Que tal fazer assim? Eu te dou o meu pai, já que eu e ele não nos damos bem mesmo.*
— *Quem daria o próprio pai para qualquer um assim?*
— *Bom, se você preferir, eu posso te dar a mim mesmo e ser o seu pai! Se você estiver com algum problema ou estiver triste, venha me procurar que eu vou te ajudar!*

A partir daquele dia, Gao Shide se lembraria do nome daquela criança para sempre, Zhou Shuyi da classe um do quinto ano da Escola Fundamental San Qiao.

Assim, o garoto pediu à mãe para mudar de escola, para trocar para a aquela que tinha aquele anjo. Mas, quando o reencontrou, Zhou Shuyi não se lembrava daquele dia que se encontraram, de seu nome, de lhe entregar o lenço de bolso nem de ter lhe prometido que "Se você estiver com algum problema ou estiver triste, venha me procurar que eu vou te ajudar!". Nos olhos daquele garoto, Gao era apenas um estudante transferido do qual ele estava encarregado de recepcionar e mostrar a escola, apresentando todos os processos do curso, algo que precisava fazer por ser sua tarefa como monitor.

Durante as aulas, suas carteiras eram separadas por três outras fileiras. Ao final da aula, o garoto era escoltado por vários colegas que iam felizes para o pátio jogar futebol. Depois da escola, Zhou Shuyi ia com o motorista para a aula de piano, ou ia com o amigo de escola, Fang Zhengwen, encontrar a amiga mais velha que estava em uma escola do fundamental II.

"Gao Shide" não existia no mundo daquele garoto até o momento em que, por uma diferença de um ponto em sua prova de matemática no final do período, Gao Shide se tornou o primeiro da classe. Ter o nome no primeiro lugar da lista de honra fez com que, pela primeira vez, Zhou Shuyi virasse a cabeça na direção do recém-transferido e o enxergasse.

— *Você que é o Gao Shide?*
— *Sim.*
— *Maldito, vou me lembrar de você!* — falou o garoto com os olhos cheios de lágrimas, saindo correndo dali.

O garoto então descobriu um jeito de chamar a atenção do outro, alcançando o primeiro lugar nas competições. Somente assim, aqueles lindos olhos iriam notá-lo, e eles conversariam algumas vezes, mesmo que as palavras fossem: "Maldito! Por que eu perdi de novo para você?" ou "Gao Shide, eu te odeio! *Dai, dai, dai, daikirai!*[8]". Por isso ele não se importava, fosse nos estudos ou competições, seria sempre o destaque, o número um. Além disso, Gao Shide também deveria expressar sua gratidão a Zhou Shuyi, pois sem o desejo de estar sempre sob os olhos dele, sua personalidade não se importaria verdadeiramente em estar em primeiro lugar ou não.

— *Por que estou falando com você? Você não entende nada.*
— *Eu entendo.*
— *Então me fala logo, quem é a pessoa que você gosta?*
— *Não quero falar.*
— *Qualé! Você já sabe todos os meus segredos, então quero saber os seus também.*
— *Não quero falar para você.*

"Na verdade, somos iguais, gostamos de alguém que não vai gostar de nós."

— Você é masoquista mesmo — disse Pei Shouyi com o rosto impassível, segurando a xícara de café marrom com um canto faltando, chegando à conclusão engraçada.

— Eu só quero estar ao lado dele como amigo antes de nos formarmos.

O homem de repente lembrou-se de alguma coisa, então fez um movimento de afirmação com a cabeça e continuou:

---

8. だいだいだいだいきらい: "Te odeio muito, muito, muito, muito" em japonês.

— Pode ser, e aí tanto faz para você depois de se formar e ir com sua tia para os Estados Unidos; não cometer pecados talvez seja o mais sensato a se fazer.

— Se não fosse pelas desilusões amorosas, eu não teria nem a oportunidade de ser amigo dele — falou Gao Shide com um sorriso amargo que contaminou os cantos de sua boca.

— Eu não acho que você seja um tigre, mas sim uma garça branca da província de Fujian[9].

— Garça branca?

— Agir como um idiota enquanto pega os pedaços do coração da pessoa que gosta, quando esse foi partido por outra pessoa. É ou não a garça branca?

Gao Shide olhou para o rosto bonito do outro que expressava coisas das quais ele não entendia. Sua visão chegou até a caneca que ele havia posto na mesa, mas antes de conseguir pegá-la, o homem estendeu a mão e a segurou primeiro, bem na parte onde encostaria a boca, então ficou olhando para Gao Shide em modo alerta.

— A caneca está quebrada, por que não troca por uma nova? Tenha cuidado para não cortar a boca.

Pei Shouyi olhou para a caneca quebrada e rapidamente puxou uma gaveta, colocando-a dentro, depois fechou-a de forma brusca.

— Não tem nada a ver com você, então vá logo para a aula.

Assim, o homem levantou dando a volta na mesa do consultório e colocou as mãos nos ombros de Gao Shide levando-o à força para

---

9. Dentro da cultura chinesa há o costume de associar pessoas a animais, sendo que cada animal possui um conjunto de características que podem se assemelhar com o estilo de vida da pessoa em questão. Nesse caso, o animal tigre tem um peso muito grande sendo o mais importante dentre os animais do zodíaco Chinês. Uma pessoa que parece um tigre, é dominadora, feroz e majestosa. Entretanto, a garça branca na cultura chinesa diz respeito à pessoa auspiciosa e longeva. O corpo coberto de penas brancas reflete sua pureza e inocência, sendo um símbolo de boa sorte.

a saída da enfermaria. Ao mesmo tempo que saíam dali, atrás da cortina privativa, a pessoa que acabara de acordar estava sentada na maca e através de uma pequena abertura na cortina conseguiu enxergar os dois saindo da enfermaria enquanto relembrava uma conversa que havia tido com Gao Shide...

— *Por que estou falando com você? Você não entende nada.*
— *Eu entendo.*
— *Então me fala logo, quem é a pessoa que você gosta?*
— *Não quero falar.*
— *Qualé! Você já sabe todos os meus segredos, então quero saber os seus também.*
— *Não quero falar para você.*
— *Não me diga que a pessoa que você gosta não é o Shi Zheyu, isso quer dizer...*

Zhou Shuyi acreditou ter chegado em uma resposta, seus olhos ficaram arregalados e depois exclamou para si mesmo em um tom de murmúrio:
— Ultimamente temos muita coisa em comum, as pessoas que gostamos não gostam de nós.

* * *

Na sala de aula de Finanças...

Ao fim da aula, o som do alarme ecoava avisando que a última aula do dia havia acabado, um estudante de cada vez saía daquela grande sala. Zhou Shuyi se curvou para ajeitar suas coisas; depois de ter tomado o remédio que o médico havia lhe dado e ter dormido um pouco na enfermaria, seu estômago havia melhorado muito.
— Shuyi...

Ele levantou a cabeça, ainda estava um pouco reflexivo por tudo o que tinha acontecido, e então viu Fang Zhengwen em pé no corredor entre as cadeiras à sua frente.

— Zhengwen?

O rosto dele demonstrava surpresa por encontrar o outro ali. O tempo que ele evitou Fang fez com que os dois ficassem um pouco distantes.

— Shuyi, você... tem estado muito ocupado ultimamente...

— É... bastante. Aconteceu alguma coisa?

Zhou Shuyi pegou os livros pesados da mesa, colocou-os na mochila e, pegando-a pela alça, apoiou-a no ombro. Bastava alguns passos pra que ele conseguisse sair daquela situação constrangedora, mas Fang Zhengwen já estava preparado para caso o outro quisesse fugir, ele bloqueou o caminho de Zhou Shuyi e perguntou sem rodeios:

— Você gosta da Yuxin, né?

Essa pergunta o fez hesitar por um tempo, principalmente depois que Zhou Shuyi viu Jiang Yuxin se declarando. O grupo de três amigos que frequentemente ia para jantares juntos, agora estava sempre sentindo falta de uma pessoa. Zhou Shuyi soltou a alça da mochila que estava segurando, virando-se para olhar o amigo de infância.

— Se eu disser que gosto dela, o que você vai fazer? Rejeitá-la ou deixá-la ficar comigo? — falou Zhou Shuyi com a expressão de seriedade em seu rosto.

— Impossível! — exclamou Fang Zhengwen. Ele geralmente era uma pessoa calma e que raramente se exaltava para falar, por conta disso, ele até se assustou com a própria reação. Sua voz foi gradualmente baixando de tom enquanto continuava: — Shuyi, eu não quero perder você como amigo, apesar disso, se o custo for abrir mão da Yuxin... Perdão, mas eu não consigo.

— Isso aí! Você tem que ser forte pela pessoa que gosta, ninguém pode impedir isso. — Zhou Shuyi, de punhos cerrados enquanto falava, bateu no peito do amigo aliviado e dizendo: — Ver a sua reação me faz sentir aliviado, porque agora é você que vai ter que proteger aquela *tomboy*.

— Então, você não sente nada pela Yuxin?

Fang Zhengwen estava confuso. Será que ele havia entendido errado?

— Eu gosto de vocês dois. Então não se esqueça que nós somos o triângulo de ferro — falou Zhou Shuyi olhando para baixo, de forma que seu amigo não visse a tristeza em seus olhos. Ele colocou a mochila em cima da mesa e foi para o lado de Fang Zhengwen, passou o braço no pescoço dele e continuou: — A felicidade da Yuxin está em suas mãos, se você a fizer chorar, saiba que mesmo sendo meu irmão, eu vou te encher de porrada.

— Relaxa! Você não terá essa oportunidade — falou Fang Zhengwen esboçando um sorriso e dando um soco de leve no peito do outro.

— Nossa, você é muito ruim! Até pra se declarar pra uma garota ela te venceu e chegou em você primeiro. Você não é homem, não?! — disse Zhou Shuyi com um sorriso pra zombar do amigo. Porém, seu tom de voz mudou e ele virou-se para o outro falando: — Que inveja. A pessoa que você gosta também gosta de você. Já no meu caso, eu não sei quando minha hora chegará.

— Ela vai chegar, eu garanto.

— Espero que você possa mesmo garantir isso! — disse Zhou Shuyi tirando o braço em volta do pescoço de seu amigo para que pudesse ir à carteira pegar a mochila; jogando-a nas costas, ele sugeriu: — Vamos comer um *hotpot*!

— Vai comer *hotpot* de novo? Você ficou internado na enfermaria por uma aula inteira e ainda não aprendeu? Você está proibido!

— Você está cada vez mais parecido com a Yuxin, tagarelando e sendo superprotetor.

Fang Zhengwen sorriu enquanto colocava a mão sobre o ombro do amigo, ignorando o tom de voz cheio de desdém. Ao mesmo tempo que saíam da sala, ele falou:

— Só podemos comer comida leve, nada de extravagâncias.

— Ô, porra!

A voz de protesto ecoava pelo corredor das salas de aula. Os dois amigos andavam lado a lado exatamente como antigamente. Ao mesmo tempo em que conversavam, eles riam um do outro como idiotas.

***

Duas semanas depois, na frente do prédio principal...

A noite caiu sobre o campus e a atmosfera estava bem estranha. As salas de aula e os andares dos prédios familiares estavam com pouca iluminação, o que faria qualquer um ficar todo arrepiado. Não é à toa que muitas histórias de terror tinham como cenário o campus de noite, pois não se sabia o que poderia aparecer quando virasse a esquina, ou num banheiro vazio. Será que alguma coisa assustadora aconteceria?

O apresentador do desafio de coragem segurava um microfone enquanto explicava as regras do jogo para os alunos reunidos no espaço aberto:

— Obrigado a todos por estarem participando do "Passeio Noturno Macabro" organizado pelo Clube Estudantil. Agora, participantes, escutem a orientação: formem grupos de dois e procurem um dos organizadores para pegar seus números. E não só isso, vocês também terão que entregar os celulares para os organizadores do evento para que sejam guardados em segurança. Se conseguirem completar o desafio, poderão ganhar uma belíssima recompensa. Vamos todos criar memórias inesquecíveis antes da formatura!

— Uau! — gritaram os estudantes um após o outro, aplaudindo. Todos ficaram na expectativa para a atividade seguinte.

— Até agora, apenas dez grupos de veteranos conseguiram ter sucesso no desafio, qual será a próxima equipe a completá-lo? Por favor, o próximo grupo de estudantes que queira tentar, levante a mão para eu enxergar.

— ...

Gao Shide e Zhou Shuyi se entreolharam e, revirando os olhos, levantaram as mãos direitas. A princípio, os dois não planejavam participar, mas foram pegos por Liu Bingwei, um dos organizadores do evento, forçando-os a serem um time e pegarem um número.

— Beleza, os dois podem vir para o meu lado direito, desejo a vocês muita sorte em coletar todos os sete selos que estão espalhados pelo campus. Aproveitem esta noite terrível e sinistra — falou o apresentador exagerando as circunstâncias do teste de coragem enquanto esboçava um sorriso medonho.

* * *

— Que horror! Desde quando a universidade ficou tão assustadora assim?

Enquanto caminhava pelos corredores escuros decorados com muitos monstros e fantasmas, Zhou Shuyi murmurava consigo mesmo. Na verdade, ele tinha muito medo de coisas sobrenaturais, mas não queria mostrar fraqueza diante de Gao Shide, então participou forçadamente. Ele até teve que manter uma distância do outro para evitar que seu medo fosse descoberto.

De repente, algo tocou seu dedo e Zhou Shuyi imediatamente baixou a cabeça, mas o que viu foi Gao Shide segurando seu dedo mindinho com o indicador.

— O-o que você tá fazendo?

— Eu tenho medo de fantasmas.

No corredor escuro e horripilante não conseguiam enxergar a expressão um do outro, apenas escutar as vozes familiares.

— O quê? Você realmente tem medo de fantasmas? Você é tão alto — zombou intencionalmente algumas vezes e depois apertou a mão de Gao Shide, fingindo dizer com confiança: — Esqueça, já que você tem medo, a aposta de quem tem mais coragem no jogo de coragem não conta mais. De qualquer forma, se eu vencer, não é digno de vitória. Não se preocupe, contanto que você caminhe comigo, eu garantirei que coletemos todos os selos de passagem.

— Ok — respondeu Gao Shide assentindo com a cabeça. Ele olhou aquela pessoa que estava morrendo de medo, mas ainda tentava demonstrar bravura e não pôde evitar que os cantos de sua boca formassem um leve sorriso. Assim, segurou firmemente a mão direita de Zhou Shuyi. O calor das mãos passava uma para outra e o som dos batimentos acelerados ficaram fáceis de ouvir.

— Vai na frente.

A pessoa que acabara de falar "*daijoubu*" há alguns minutos pegou o pulso de Gao Shide e o puxou para a sua frente; mas sem esquecer de dizer a frase "não tenha medo, eu vou na frente".

Do outro lado do corredor, Shi Zheyu que estava participando do mesmo desafio, avistou as costas de duas pessoas e parou de andar, pensando em alcançá-las.

— Shuyi!

Uma silhueta escura estava vindo por trás dele como em um ataque furtivo. Ela deu um tapa no ombro do outro pensando que era Zhou Shuyi.

— Caralho! — Shi Zheyu praguejou no momento em que se virou para bater no idiota que o assustou, mas quando viu quem era, ambos ficaram surpresos.

— Você?

Liu Bingwei olhava surpreso para Shi Zheyu, que também estava surpreso em vê-lo ali.

— Perdão, eu pensei que você fosse o Zhou Shuyi — falou Liu Bingwei enquanto recolhia a mão que bateu no ombro do outro. Mal ele sabia que aquela sua frase havia feito uma mina terrestre de emoções reprimidas explodir no peito de Shi Zheyu.

— Zhou Shuyi pra lá, Zhou Shuyi pra cá, por que todo mundo só liga pro Zhou Shuyi? — disse Shi Zheyu com os olhos cheios de raiva, soltando tudo que estava guardado no fundo de seu coração.

— Você está bem?

— Não é da sua conta.

No entanto, Liu Bingwei tentou dar alguns pequenos tapas no ombro dele, mas Shi Zheyu o afastou com força. De repente, algo branco veio flutuando de forma rápida atrás de Liu Bingwei, este ainda não tinha notado, mas o outro ficou com tanto medo que até gritou.

— Ah!

— Cuidado! — falou Liu Bingwei puxando a pessoa que gritou de horror, ele franziu a testa e continuou: — Se você tem tanto medo, por que veio participar?

— Não... Não é da... — disse Shi Zheyu tentando terminar a frase de cinco palavras "não é da sua conta" com a boca tremendo. Através dos batimentos cardíacos violentos que ecoavam em seu peito, seu medo era perceptível. Seu tórax era pressionado contra o de Liu Bingwei.

O outro, por sua vez, olhou para o topo da cabeça de Shi Zheyu e sentiu o cheiro leve de xampu vindo dele. Ele não sabia o motivo, mas queria protegê-lo, pois sentia que algo estava crescendo no fundo de seu coração.

— Você gostaria de formar um grupo comigo? A gente pode ir juntos até a linha de chegada, me disseram que o prêmio desta vez é algo muito bom. Seria uma pena se não ganhássemos — propôs Liu Bingwei. Ao ver que Shi Zheyu não estava recusando, apenas sorriu e continuou: — Eu sei que você quer falar "não é da sua conta", mas por enquanto vai ter que segurar a vontade e me deixar cuidar disso por mais uns vinte minutos, que eu garanto que ganharemos este desafio.

— Só vou concordar se você me der sua parte do prêmio — falou Shi Zheyu com um tom de arrogância quando o empurrou para longe e ergueu o rosto com orgulho.

— Fechou! Vamos selar o acordo com um aperto de mãos e seguir juntos para coletar os selos e ganhar esta prova. — Liu Bingwei estendeu a mão na direção da outra pessoa e ficou esperando pelo seu aperto de mão em resposta.

— Fechou.

Shi Zheyu hesitou por um momento em apertar a mão de Liu Bingwei, mas, por conta dessa conversa, ele havia esquecido completamente o medo que estava sentindo há pouco. Assim, o tempo foi passando e a nova dupla adentrou na escuridão do longo corredor.

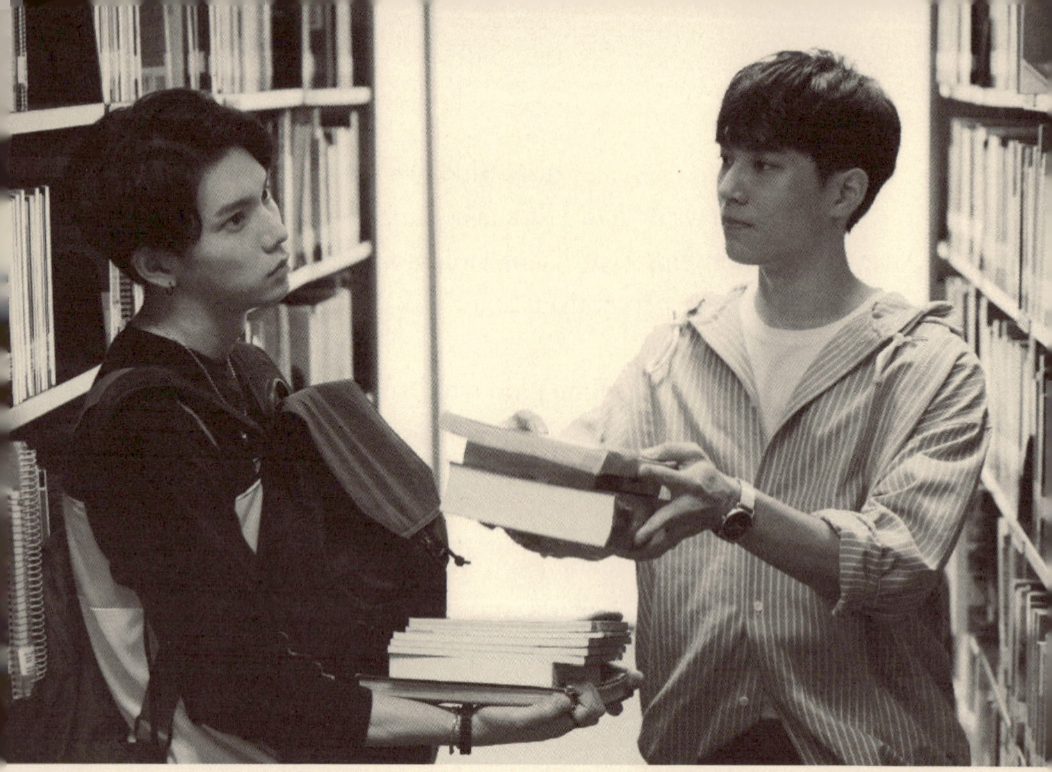

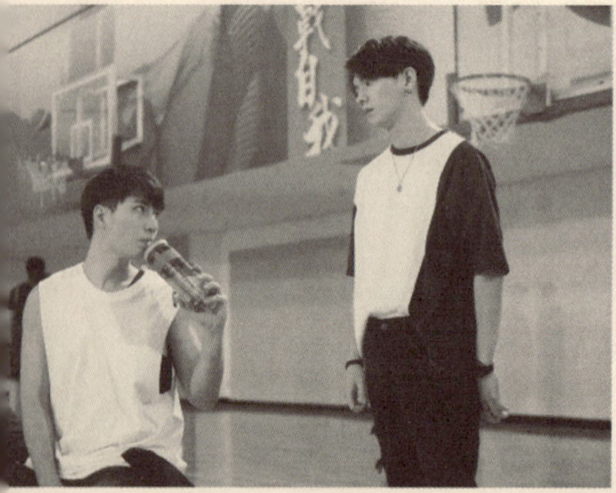

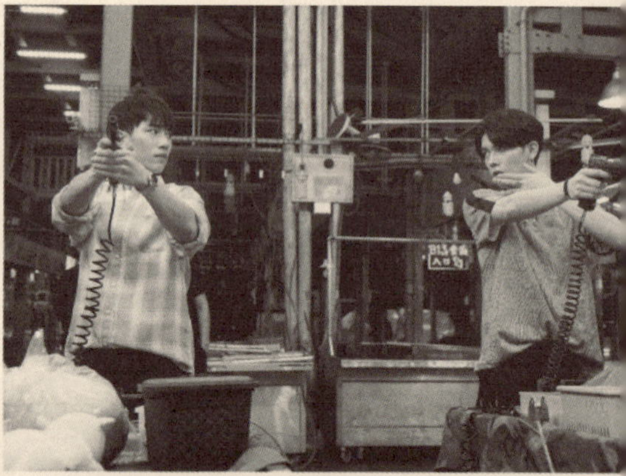

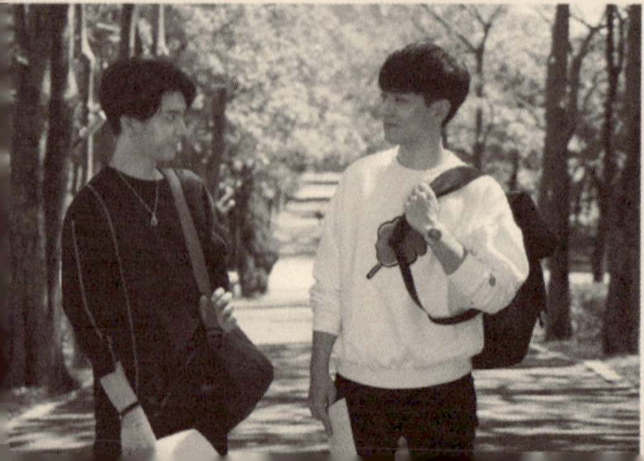

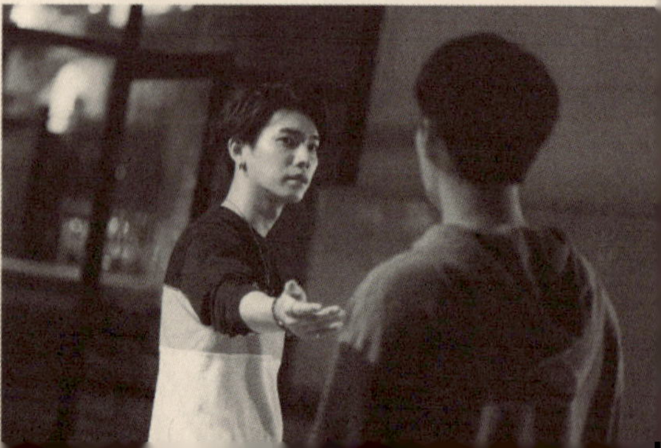

Capítulo 4

Segredo bem guardado

Para encontrar pistas e passar de fase e, assim, obter os selos de aprovação que representam o sucesso, eles tiveram que entrar na enfermaria, que, junto aos banheiros, estava classificada como um dos sete lugares mais assustadores do campus. Zhou Shuyi estava vasculhando uma das cabines cheias de utensílios médicos e medicamentos com dificuldade para enxergar por conta da luz fraca do local.

— Vamos desistir e ir para o próximo nível — falou Zhou Shuyi com a voz trêmula.

Gao Shide estava em pé na frente de uma estante procurando pistas entre os livros.

— Não podemos. Se não olharmos direito, não vamos poder carimbar o selo e ir para o próximo nível.

De repente, a iluminação do local falhou e a porta de aço inoxidável da enfermaria fechou com força.

— *Ah*! — gritou Zhou Shuyi bem alto.

O desespero fez com que ele fosse correndo direto para a porta, tentando abri-la por dentro, mas ao forçar demais acabou caindo nos braços de Gao Shide. Este, que havia ido na direção de Shuyi para ver o que estava acontecendo por conta do barulho, vendo o objeto de metal sendo arrancado e o garoto caindo em seus braços, sorriu com pensamentos maliciosos.

— Boa, Zhou Shuyi.

— ... — O causador do problema olhou para a maçaneta que havia arrancado sem querer e ficou chocado.

Alguns minutos depois...

— Ô! Tem alguém aí? Tem alguém aí fora?

Zhou Shuyi estava em pé na frente da porta de metal, batendo e gritando na esperança de alcançar algum outro participante do lado de fora que pudesse tirá-los da enfermaria. Enquanto isso, Gao Shide estava dentro daquele local sentado em uma cadeira, com as pernas apoiadas uma em cima da outra e os braços cruzados, olhando para o outro que estava se desgastando em vão. Na mesa da enfermaria havia algumas velas acesas que eles tinham encontrado em um dos armários. A luz que as chamas proporcionavam deixava o ambiente menos assustador.

— Não está cansado de ficar gritando por tanto tempo? Vem beber um pouco de água.

Naquela hora, Gao Shide abriu a tampa da garrafa de água mineral e segurou em direção a Zhou Shuyi, que já estava gritando há mais de dez minutos. Este deu um último chute antes de se virar para ir na direção da garrafa. Na frente da mesa, ele pegou a bebida da mão de Gao Shide e, depois de alguns goles de água, falou aborrecido:

— Melhor do que ficar sentado sem fazer nada, só esperando a morte chegar. Ridículo! Por que colocaram essas grades de ferro aqui? Se tivesse algum incêndio terrível, o que iriam fazer? Este lugar não é o seu território? Então pense em algo, rápido.

De repente, o medo de estar trancado no centro de saúde tomou conta dele, mas ao ver a outra pessoa procurando velas e água mineral, de maneira familiar, em armários, gavetas e estantes, ele começou a relaxar gradualmente.

— O que eu posso fazer? No começo do jogo, demos nossos celulares para os organizadores. Como podemos pedir ajuda?

— falou Gao Shide dando de ombros e, com a voz mais branda, continuou: — Vai ter alguma ronda da segurança do campus ou, no pior dos casos, vamos passar a noite aqui e esperar Pei Shouyi abrir a porta para trabalhar amanhã de manhã.

— ...

Zhou Shuyi olhou para o cara que não estava fazendo nada e, depois de fechar a garrafa e colocá-la na mesa, continuou procurando uma maneira de sair dali com a ajuda da luz que emanava da vela.

— Ei! Tem um computador aqui! Tem também o wi-fi da faculdade, então deve ter internet para entrar em alguma rede social para nos comunicarmos com alguém, aí podemos chamar o Zhengwen para vir nos ajudar.

Inesperadamente, na mesa da enfermaria da faculdade havia um notebook. Zhou Shuyi ficou todo animado puxando a cadeira da mesa de escritório para sentar-se; ele levantou a tela do computador e pressionou o botão de energia, pensando que poderia finalmente sair daquele sufoco, mas apareceu, de repente, um pedido para inserir a senha.

— Merda! Precisa da senha...

Todo o gás que uma vez esteve nele de tanta animação foi esvaziado logo em seguida e assim ele apenas fechou o computador, frustrado. Em seguida, olhou para a outra pessoa que estava presa com ele. Subitamente o som de uma barriga roncando ecoou, pois desde a tarde daquele dia Zhou Shuyi não havia comido nada.

— Está com fome?

— Morrendo de fome — disse Zhou Shuyi confirmando com a cabeça enquanto sentia-se envergonhado de olhar para Gao Shide.

— Deve ter alguma coisa para comer por aqui, espera aí — falou Gao Shide ao mesmo tempo que levantou e foi em direção à cabine de metal onde estavam os utensílios médicos.

Logo na parte de baixo da cabine, como era esperado, encontrou um fogão pequeno portátil junto de um kit de utensílios de cozinha. Em seguida, foi até o modelo de corpo humano que parecia assustador e sombrio, abriu a cavidade abdominal do modelo e pegou um macarrão instantâneo escondido lá dentro. Depois, sentou-se na lateral da mesa, pegou a panela e colocou-a em cima do fogão a gás, adicionou o pacote de tempero com a água mineral e virou a válvula do fogareiro para ligar o fogo, cozinhando o macarrão instantâneo para satisfazer a fome naquele momento. Zhou Shuyi puxou uma cadeira e posicionou-a ao lado de Gao Shide, observando a expressão concentrada no rosto dele enquanto cozinhava.

— Você sabe onde fica escondido o macarrão instantâneo! Você é amigo desse médico sem escrúpulos? Espera, você tem um crush pelo médico? — perguntou curioso.

Zhou Shuyi olhou para o rosto de Gao Shide e a sua expressão era de surpresa, o que fez ele ter mais certeza de que havia acertado no palpite. Mas o que ele não havia percebido era que existia um tom de preocupação na sua voz.

— Eu não... — Ao falar aquelas duas palavras, foi logo interrompido pela pessoa que estava curiosa com a fofoca.

— *Argh*, você sabe que eu gosto da Jiang Yuxin, qual é o problema de eu saber quem é a pessoa que você gosta? Relaxa que eu te ajudo a proteger esse segredo, então vai logo e me conta: há quanto tempo você gosta dele?

— Há muito tempo, mas... — disse Gao Shide olhando para a pessoa impaciente e que também tinha entendido tudo errado. Mas ele simplesmente decidiu seguir o ritmo da conversa liberando o que estava guardado lá no fundo de seu coração e continuou:

— ...a pessoa que eu gosto, é você.

— Ah, então eu me sinto aliviado — falou Zhou Shuyi demonstrando uma expressão de compreensão enquanto confirmava com a cabeça. Depois, arregalou os olhos e fitou Gao Shide, perplexo, completando: — Quê? Você gosta de mim? Mas como isso é possível?

— Pois é, como isso é possível...

Gao Shide sorriu sozinho, mesmo já sabendo a resposta, quando finalmente escutou-a sair da boca de Zhou Shuyi, sentiu uma dor onde o coração batia.

— Você tá zoando, né?

— Claro que estou! Como não estaria? Quem mandou fazer Pei Shouyi e eu de casal.

— Miserável, se não quer falar então não fala, ok?!

Depois de confirmar que Gao Shide estava realmente brincando, a expressão de surpresa de Zhou Shuyi foi desaparecendo enquanto apoiava o cotovelo na mesa para manter o braço sustentando a cabeça, olhando atentamente a sopa de macarrão que soltava muito vapor.

— Espera um pouco. Quando a água ferver já vai estar pronto para comer.

— Beleza.

Nos minutos seguintes, o cheiro do macarrão instantâneo já estava impregnando todo o ambiente. Naquele momento, a enfermaria macabra, da qual queria tanto sair correndo o mais rápido possível, por conta do cheiro da comida, do calor que era emanado do fogão e da pessoa que estava fazendo companhia, o rapaz que estava morrendo de pavor do escuro e de fantasmas, já não tinha mais medo de nada.

— Pode comer!

Gao Shide segurou o cabo da panela, despejou o macarrão em uma tigela e empurrou-a para a frente de Zhou Shuyi, que, faminto, pegou os palitinhos, pinçou o macarrão e o levou à boca sentindo finalmente o gosto da comida. Enquanto enchia sua boca com o alimento, olhava para o garoto que havia tido todo o trabalho para cozinhar aquela refeição dando goles vagarosamente na garrafa de água. Zhou Shuyi então parou de mastigar e perguntou:

— E você?

— Não estou com fome, pode comer.

— O pacote que você fez agora não é o único, certo?

— Você está com fome, então coma logo — disse Gao Shide olhando de soslaio enquanto tentava mudar de assunto.

Zhou Shuyi levantou-se, segurando em uma das mãos a tigela de macarrão instantâneo e, com a outra, puxando a cadeira para sentar ao lado de Gao Shide; depois colocou a tigela na frente dele ao mesmo tempo que entregava os palitinhos para que pudesse comer.

— Vamos comer juntos.

— Entre uma pessoa de barriga cheia e duas com as barrigas meio vazias, a primeira opção é melhor.

— Duas pessoas comerem é bem melhor que uma passar fome; além disso, amigos devem compartilhar a felicidade e a dificuldade.

— Amigos... — Gao Shide olhou para o rosto do outro e murmurou essa palavra. Já que o relacionamento amoroso não era algo possível para ele, teria que se contentar com a posição de "amigo".

— Ah, deixa pra lá. — Por sua autoestima muito elevada, Zhou Shuyi pensou que o silêncio do outro significava que ele estava recusando seu convite para serem amigos. Então ele curvou os lábios quase fazendo uma careta e recuou os palitinhos que estava oferecendo a Gao Shide.

— Eu quero — falou Gao Shide. Segurando o pulso de Zhou Shuyi, ele puxou a cadeira do outro para mais perto de si e colocou a tigela de macarrão entre os dois.

Zhou Shuyi levantou os cantos dos lábios em um sorriso, apontou para o rosto do outro usando os palitinhos e falou com confiança:

— Primeiro, vamos deixar claro que a competição saudável é necessária mesmo entre amigos. Eu não vou deixar você me vencer o tempo todo.

— Não, você sempre vai perder para mim porque eu não vou te dar a oportunidade de me vencer! — No sorriso gentil havia uma perseverança intransigente.

"Porque só se eu mantiver o primeiro lugar para sempre, você vai me notar. Foi assim que eu descobri como você notaria minha existência na quinta série. Então, tenho que vencer para sempre e sempre, ocupando essa posição mais especial", pensou Gao Shide.

— *Argh*! Pedra-papel-tesoura! Quem ganhar, come. — Zhou Shuyi bufou, cerrou o punho e olhou para a outra parte de forma provocativa.

— Ok! — confirmou Gao Shide levantou os cantos da boca e depois balançou a mão direita antes de fazer o movimento do punho.

Na primeira rodada, pedra *versus* tesoura, Gao Shide ganhou.

— *Tsc*, mais uma vez! — falou Zhou Shuyi entregando os palitinhos para Gao Shide que deu uma grande abocanhada no macarrão instantâneo.

Na segunda rodada, tesoura *versus* pedra, vitória de Zhou Shuyi.

Na terceira rodada, tesoura *versus* papel, Gao Shide ganhou.

Na quarta rodada, pedra *versus* tesoura, novamente a vitória foi de Gao Shide.

Na quinta rodada, pedra *versus* pedra, empate.

Na sexta rodada, papel *versus* papel, empate novamente.

Na sétima rodada, tesoura *versus* tesoura, outro empate.

Na oitava rodada, pedra *versus* pedra, caramba, outro empate...

Na nona rodada, pedra *versus* pedra, mais um empate... que coisa irritante!

Na décima rodada, pedra *versus* papel, Zhou Shuyi venceu.

— Há!

Depois de cinco empates seguidos, o vencedor riu de felicidade; ele agarrou os palitinhos e pegou uma grande parte do macarrão, colocando tudo na boca de uma vez só. Zhou Shuyi comeu o macarrão instantâneo que já não estava tão quente e contemplou o rosto muito bonito iluminado pelas velas. Ele nunca tinha reparado com tanta atenção na face daquela pessoa antes, só naquele momento ele percebeu por que Gao Shide sempre recebia o dobro de chocolates das colegas de classe no Dia dos Namorados.

"Bonito, gentil e atencioso… Quem será a pessoa que o perfeito Gao Shide gosta?"

* * *

Cruzando o limite da meia-noite, ao entrar na enfermaria, todas as velas usadas para iluminar já haviam apagado, então tanto os corredores quanto fora da enfermaria, estavam tomados pela escuridão.

— Você consegue dormir? — A pessoa que tinha medo de escuro olhou para os dois leitos de hospital à esquerda e à direita, engoliu em seco e perguntou hesitante.

— Eu… — A pessoa que estava ocupada arrumando a cama parou seus movimentos e, para não expor o medo da outra parte de dormir sozinha, mudou sua resposta: — Eu estou com tanto medo do escuro. Acho que não vou conseguir dormir.

— Seu medroso, então traz a sua cama para mais perto de mim que eu vou ficar conversando com você.

Secretamente, Zhou Shuyi deu um suspiro de alívio pelo outro também estar com medo, pois isso lhe permitia fazer aquela proposta. A assim eles juntaram as camas, sentaram-se e começaram a jogar conversa fora.

— Você não me conta quem é a pessoa que você tem um crush, mas podemos conversar sobre como essa pessoa é, certo? Como sua personalidade, aparência ou interesses...

— Como você é curioso!

— Nós somos amigos, fala logo.

— A pessoa... — Não conseguindo resistir à pressão do outro, Gao Shide virou-se para a pessoa sentada à sua esquerda e descreveu a pessoa por quem estava secretamente apaixonado. — ...é muito fofa. Embora algumas pessoas a achem arrogante, convencida e narcisista, aos meus olhos, ela é apenas adorável.

A luz da lua estava vazando pela janela gradeada e cortinas, se derramando sobre o rosto de Zhou Shuyi. No entanto, sob esse tipo de iluminação apenas era possível enxergar uma vaga silhueta, mas todas as expressões e reações de Zhou Shuyi já estavam estampadas em sua mente há mais de dez anos.

— Ser capaz de ver defeitos como virtudes é a prova de um amor verdadeiro.

— Talvez — disse Gao Shide e sorriu levemente, virando a cabeça em direção ao breu da enfermaria para que seus olhos cheios de segredos não o entregassem. — Mesmo que essa pessoa seja arrogante e teimosa, ela é muito gentil com os seus amigos a ponto de se sacrificar por eles.

— Lealdade é uma virtude admirável. — Ao ouvir que a outra pessoa também valorizava os amigos, Zhou Shuyi assentiu com a cabeça e perguntou: — Você realmente não planeja se declarar, né?

— Eu não quero estragar a amizade que me esforcei tanto para construir — disse Gao Shide.

O outro suspirou hesitante e falou suavemente:

— Somos ambos solitários na estrada da vida, eu te entendo — falou Zhou Shuyi dando alguns tapinhas no ombro de Gao

Shide, já meio sonolento. Ele então puxou o cobertor e deitou-se na cama, mas em solidariedade pela pessoa que estava na mesma situação, continuou: — Eu já desapeguei, mas você ainda continua preso a isso. Se quiser desabafar, venha falar comigo, eu vou ouvir e manter segredo.

"Se quiser chorar, pode vir me procurar. Você pode contar comigo!", olhando para a pessoa que estava deitada ao seu lado esquerdo, Gao Shide lembrou do que o menino-anjo havia dito quando se conheceram.

— Mas falando sério, você é incrível, a pessoa que você gosta é muito sortuda.

— Que raro, acho que essa é a primeira vez que você me elogia. Zhou Shuyi dobrou os cotovelos, colocou os braços atrás da cabeça, encolheu os ombros e disse:

— Só estou falando a verdade.

O relógio eletrônico na mesa de trabalho continuava a mostrar o tempo, acompanhando a conversa dos dois. Apesar de terem falado muito e discutido coisas que nunca tinham conversado antes, o ambiente estranho ainda impedia que Zhou Shuyi dormisse.

— Gao Shide, me faz um favor? Canta algo para mim? — Zhou Shuyi pediu a ele, às 12h52, incapaz de dormir apesar de ter se virado diversas vezes.

— Cantar? — Gao Shide ficou surpreso, pois ele não esperava por esse tipo de pedido.

— Eu costumo escutar música para dormir, então começa logo.

— Mas eu...

— *Onegai*[10].

Essas palavras pareciam um feitiço que vinha direto de um conto de fadas, o que fez Gao Shide incapaz de recusá-lo.

---

10. お願い: Significa "Por favor" em japonês.

Ele começou a pensar em qual música seria adequada para acalmar alguém e, de repente, uma melodia veio à mente. Era a música que ele havia ouvido Zhou Shuyi tocar na sala de música antes...

"O verão quente arde por sua causa,
E o amor se esconde dentro de você
Tenho andado em círculos,
Pois é tão vago deixar ou não de falar
Eu quero que você saiba agora, não precisa esperar até amanhã,
Se você também quiser,
Aproveite essa chuva para suavemente quebrar algum hábito e
Fazer com que a sensação de rodopiar não seja apenas paz de espírito
O chamado daquilo que nunca tive
desperta minha existência..."[11]

— Continua, você canta muito bem — falou Zhou Shuyi, em algum momento ele havia se virado para a pessoa à sua direita e então deu algumas cutucadas no braço de Gao Shide, o encorajando.
— Essa é a segunda vez que você me elogia.
— Canta logo, se cantar bem eu vou te elogiar pela terceira vez.
— Ok — falou Gao Shide enquanto sorria.

A voz grave de Shide dissipou o medo que o outro sentia do ambiente desconhecido. Zhou Shuyi deitou-se de lado na cama, respirando uniformemente. Ele sempre odiou tocar as pessoas, mas os dedos que ele havia usado para tocar Gao Shide permaneceram no mesmo lugar.

Às 1h37, depois de ter certeza de que Zhou Shuyi estava completamente adormecido, ele retirou os dedos do outro de seu

---
11. Letra da música "水藍色情人" ou "Amante Azul-água" em português.

braço, se levantou da cama e caminhou até a cabeça do modelo de esqueleto humano colocado no canto da sala. Então, pegou um pedaço de papel que estava dentro da cabeça, onde a senha do wi-fi estava escrita, e voltou para a escrivaninha onde o notebook estava guardado. Ele ligou o aparelho, digitou a senha e, assim que se conectou à internet, entrou em uma sala de *chat* de um aplicativo de comunicação e enviou uma mensagem.

＊＊＊

Na frente do prédio principal...

No espaço onde foi realizada a atividade noturna, os competidores se reuniram, havia aqueles que conseguiram terminar os desafios e ganhavam prêmios e aqueles que se divertiram mesmo sem sucesso. O apresentador segurava o microfone e anunciou a equipe vencedora que concluiu as provas no menor tempo:
— Com aplausos e gritos calorosos, parabenizamos os campeões desta prova de coragem, Shi Zheyu e Liu Bingwei! Parabéns!
Um forte som de palmas e gritos ecoaram na frente do prédio, parabenizando os dois ganhadores do desafio e que também ganharam o maior prêmio da competição.
— Onde está o Shuyi? Você chegou a ver o Zhou Shuyi? — perguntou Jiang Yuxin para um dos membros da segurança; ela vestia roupas brancas como de um fantasma, seu rosto também estava assustador, pintado com maquiagem de efeitos especiais. No entanto, ela ainda não tinha achado Zhou Shuyi em lugar algum e acabou indo perguntar para algumas pessoas que estavam ali perto.
— Não vi.

— Eu não faço ideia.

Ninguém havia visto Zhou Shuyi, nem Fang Zhengwen, nem os calouros que trabalhavam como equipe de apoio. Até mesmo Shi Zheyu, que acabara de receber o prêmio das mãos do apresentador, foi falar com Jiang Yuxin e disse:

— Não foi só o Zhou Shuyi que desapareceu. Nós também não sabemos onde o Gao Shide está.

— O quê? Ninguém viu os dois? Zhengwen, vem comigo olhar outra vez os lugares que nós colocamos as provas.

— Beleza.

Fang Zhengwen pegou a mão de Jiang Yuxin e se preparou para voltar ao prédio em busca de pessoas, mas viu o apresentador caminhando em direção a eles segurando o telefone celular e balançando a mão para impedi-los.

— Relaxa! Shide acabou de mandar notícias. Avisou que ele e o Zhou Shuyi estavam entediados e decidiram ir para casa e também falou que eles querem que eu mantenha o celular deles comigo, que vão pegar amanhã depois da aula no escritório do Clube Estudantil.

— Deixa eu ver?

Shi Zheyu pegou o telefone celular do apresentador e abriu a mensagem no *chat*, confirmando que o conteúdo era exatamente o que Liu Bingwei havia transmitido.

— De novo esse Zhou Shuyi... — Frustrado, devolveu o celular ao apresentador e jogou com raiva o prêmio que acabara de receber no chão, saindo de lá com os olhos vermelhos.

— Ei! Shi Zheyu! — Liu Bingwei não entendia por que a pessoa que havia acabado de comemorar, agora estava tendo um ataque de raiva. Ele pegou o prêmio jogado no chão e correu atrás dele, chamando pelo seu nome.

— O trato que fizemos era para que você pegasse o prêmio, não vai querer mais?

— Me deixe em paz!

Enquanto isso, no espaço aberto, Jiang Yuxin, com os olhos, perguntou a Fang Zhengwen o que estava acontecendo, mas ele balançou a cabeça, indicando que não sabia o que tinha acontecido com aqueles dois.

***

Na enfermaria...

Gao Shide fechou a tela do notebook após enviar a mensagem e voltou para as macas que estavam juntas. Entretanto, os acontecimentos daquela noite haviam todos sido feitos dele e de e suas habilidades de manipulação. Como Pei Shouyi, que detestava ter sua privacidade invadida, teria liberado o local para um evento como aquele? A enfermaria não era um dos níveis do jogo; e o aparente acidente de queda de energia foi o resultado de Shide desligando o interruptor geral. Até mesmo ambas as maçanetas, interna e externa, da porta de aço inoxidável trancada foram desmontadas com uma chave de fenda antes do evento. Tudo isso foi feito apenas para criar uma oportunidade de ficar a sós com Zhou Shuyi antes da formatura.

— Me perdoe por ter feito você sentir medo a noite toda — falou Gao Shide enquanto puxava a coberta para deitar-se na maca; apoiando a cabeça de Zhou Shuyi em seu braço, olhando para o rosto adormecido. — Queria tanto ficar olhando para você assim... Queria que o tempo parasse nesta noite... Queria me aproximar um pouco mais de você... Só um pouco.

As palavras escondidas em seu coração eram como as flores do crepúsculo do romance "O conto de Genji"[12], que só floresciam secretamente tarde da noite ou no início da manhã, e, em seguida, retornavam silenciosamente ao esconderijo original, antes da primeira luz do sol da manhã. Então ele apenas olhou para a pessoa por quem estava secretamente apaixonado, até que caiu em um sono profundo, e entrou na terra dos sonhos onde apenas aquela pessoa existia...

* * *

Na manhã do dia seguinte, o doutor estava pontualmente do lado de fora da porta da enfermaria para trabalhar; ele pegou a maçaneta que estava no chão do corredor, a chave do local e abriu a porta adentrando finalmente a sala que estava uma bagunça. A luz brilhante do sol atravessava as grades da janela e iluminava o rosto de Gao Shide, que acordou satisfeito e viu um homem parado ao pé da cama, com os braços cruzados.

— O que aconteceu? — perguntou Pei Shouyi, com um olhar de espectador, observando as duas pessoas deitadas nas macas.

— *Sssh!* — fez Gao Shide, usando o dedo indicador esquerdo nos lábios num sinal de silêncio e instruiu que, se caso tivesse algo para falar, era necessário que fosse do lado de fora.

No entanto, Pei Shouyi cruzou os braços e demonstrou não ter nenhuma intenção de sair daquele lugar. Gao Shide não teve alternativa a não ser juntar as palmas das mãos e dizer com os lábios "por favor" para finalmente fazê-lo sair. Essas duas palavras fizeram com que o homem se virasse e fosse para o lado de fora.

---

12. "O conto de Genji" é uma obra clássica da literatura japonesa. A flor "Xiyan" é mencionada no quarto volume da série, associada a uma pobre mulher que morre repentinamente.

— *Tsc.*

Depois que Pei Shouyi saiu, Gao Shide franziu as sobrancelhas querendo tirar o braço que tinha emprestado para Zhou Shuyi de travesseiro, mas devido à falta de circulação sanguínea, estava, do cotovelo até a ponta dos dedos, dormente. Então decidiu usar o seu braço direito para retirar lentamente o braço que estava fazendo apoio ao pescoço de Zhou Shuyi. Com olhos afetuosos olhando para a pessoa adormecida de costas, ele inclinou-se e afagou os cabelos de Zhou Shuyi que caíam em suas bochechas, aproximando-se lentamente enquanto seus lábios trêmulos beijavam a face quente. Em tom baixo e com a voz grave que foi elogiada duas vezes na noite anterior, ele disse:

— Ter falado que gosto de você não foi uma brincadeira. Ter me aproveitado do vazio dentro de você e me colocado nele também foi verdade. Você disse que a pessoa que eu amo é muito sortuda, mas é uma pena que você nunca vai saber que essa sorte sempre foi sua... Zhou Shuyi, eu gosto de você.

Logo após levantar-se da cama, fechou as cortinas para bloquear a luz do sol que estava o atrapalhando e foi juntar-se ao homem que estava em pé no corredor esperando por ele. Assim, foram juntos em direção ao depósito para pegar remédios e gaze que estavam faltando na enfermaria.

— ...

Quando as cortinas se fecharam, a pessoa deitada na cama abriu os olhos, retirou a mão que estava debaixo do cobertor e colocou-a sobre a bochecha que fora beijada enquanto afundava em pensamentos.

***

Na sala de aula...

— Ué? Por que chegou tão cedo? Caiu da cama? — disse Fang Zhengwen assim que chegou na sala de aula e viu o melhor amigo já sentado na carteira.

Ele estava com a cabeça apoiada na mão suspensa enquanto pensava, era realmente raro ver ele tão cedo ali.

— Zhou Shuyi, ontem você foi muito mal-educado! Foi sem pensar duas vezes para casa dizendo que estava entediado — disse o líder do clube estudantil, que seguiu Fang Zhengwen para a sala de aula, sentando-se na cadeira na frente de Zhou Shuyi e começando a reclamar.

— É verdade, eu e Yuxin planejamos te assustar, mas você nem apareceu.

Jiang Yuxin havia dado muita atenção aos detalhes para que pudesse parecer o mais real possível, comprou o sangue que era usado em efeitos especiais nos filmes para que quando o covarde do amigo deles entrasse, recebesse um jato do líquido no rosto. No entanto, Fang Zhengwen ainda não tinha percebido que seu melhor amigo estava em transe e lembrou do que o professor havia comentado na aula passada sobre a prova, então virou-se para o colega de classe que estava junto a ele e perguntou:

— Você tem as anotações da aula passada? Poderia me emprestar?

— Claro que não tenho, eu nem trouxe o meu caderno.

— Você ainda tem coragem de falar isso...

Como o plano de pegar as anotações com o colega não deu certo, Fang Zhengwen virou-se para a pessoa que estava à sua direita e pegou o caderno que estava jogando em cima da mesa.

— Shuyi, vou pegar emprestado suas anotações — falou Fang Zhengwen enquanto pegava o caderno e, finalmente, Zhou Shuyi voltou a si, se perguntando por que seu caderno estava sendo roubado.

— Quais anotações?

— Do que o professor falou ontem para aqueles que vão fazer a prova final.

— Entendi. — Olhando para os amigos que estavam ocupados copiando o conteúdo da aula, Zhou Shuyi franziu os lábios e hesitou por um momento, então reuniu coragem para dizer. — Zhengwen, poderia perguntar para Yuxin se vai ter alguma atividade social no nosso departamento ou em outros nos próximos dias?

— Quê? Você está procurando uma namorada? — falou Fang Zhengwen, de camisa quadriculada branca e azul, e deu uma boa olhada para o melhor amigo que estava tendo uma atitude muito suspeita.

— Sim, eu agradeceria muito se vocês fizessem isso.

— Mas por que assim do nada?

"Antigamente, esse cara sempre tinha uma expressão fria de 'não se aproxime' em relação a garotas que não fossem Jiang Yuxin, e era praticamente impossível vê-lo em eventos de encontros. Como é que de repente ele quer conhecer garotas?", pensou Fang Zhengwen.

Zhou Shuyi olhou de soslaio para Fang Zhengwen e disse, insatisfeito:

— Quem mandou vocês ficarem flertando na minha frente o tempo todo? É óbvio que vou fazer vocês pagarem por isso.

— Que idiota! Só por causa disso?

— Por favor... — Zhou Shuyi juntou as duas palmas da mão implorando enquanto olhava para o amigo.

— Tá bom, eu vou te ajudar e perguntar a ela sobre isso.

Depois de ter certeza de que Fang Zhengwen estava disposto a ajudar, Zhou Shuyi finalmente relaxou e recostou-se na cadeira, olhando para outros colegas que entravam na sala de aula, apoiando o queixo na mão e divagando novamente.

* * *

No dia seguinte...

Ao meio-dia, com o término das aulas do período matutino, um por um, os estudantes foram saindo para almoçar nos restaurantes das redondezas do campus. Zhou Shuyi usava uma camiseta preta; ao mesmo tempo que esfregava as mãos, usava os dedos para fazer movimentos circulares na boca do copo de vidro. Olhava frequentemente para a entrada do restaurante, esperando ansiosamente por alguém.

Alguns minutos depois, a garota de cabelos tingidos de castanho e vestido longo entrou no estabelecimento, onde foi recebida por um recepcionista que estava em pé na entrada, perguntando-lhe se tinha uma reserva. A garota que já havia encontrado a pessoa que ela procurava, acenou e logo em seguida foi guiada pelo recepcionista até a lateral da mesa.

— Você ficou esperando por muito tempo, veterano? — perguntou a garota abrindo um sorriso enquanto colocava o cabelo atrás da orelha para puxar a cadeira e finalmente sentar-se na frente de Zhou Shuyi.

— Não — respondeu o rapaz, nervoso, e depois engoliu a saliva antes de falar com cordialidade: — Você pode escolher qualquer coisa que queira comer, é por minha conta.

— Está bem, muito obrigada, veterano. — He Jiajing sorriu timidamente. Para almoçar com seu crush, ela não apenas comprou um vestido novo, mas também se maquiou levemente, apenas para deixar uma impressão perfeita na mente dele.

Logo em seguida, o celular vibrou no bolso da calça e Zhou Shuyi pegou o aparelho, lendo a mensagem que havia chegado.

Gao Shide: Cadê você? Não marcamos de comer juntos ou você esqueceu?

— O que foi?
— Nada — falou Zhou Shuyi enquanto balançava a cabeça em negação, colocando a tela do celular virada para baixo na mesa, e com um sorriso continuou: — Já decidiu o que vai querer comer?
— Eu vou dar mais uma olhada.
— Sem pressa.
Zhou Shuyi não estava confortável como quando estava com seu triângulo de ferro, também não tinha a provocação como quando estava com Liu Bingwei, e também era totalmente diferente de como quando estava com Gao Shide. Ele falava com uma velocidade deliberadamente mais lenta, com um tom de voz deliberadamente gentil e tinha uma abordagem deliberadamente não pressionadora... Tudo era deliberado.
He Jiajing pegou o celular e começou a tirar inúmeras *selfies* até encontrar uma que finalmente lhe agradasse e mostrou para Zhou Shuyi.
— Vocês conseguem nadar incrivelmente bem! Eu também queria conseguir nadar para poder tirar fotos no mar. Olha aqui, veterano!
Por estar cara a cara com o veterano que tinha um crush secreto, ela tentava de todas as formas achar coisas que tinham em comum, para que a atmosfera ficasse menos desconfortável.
"Se não fosse a iniciativa da veterana Yuxin em mencionar que o veterano Shuyi queria conhecer algumas garotas, eu seria para

sempre mais um grito entre as outras pessoas torcendo para o Clube de Natação. Eu nunca imaginaria que estaria frente a frente almoçando com o meu deus grego agora", pensou He Jiajing.

— Nada mal.

A tentativa de conversar sobre esse assunto se extinguiu depois daquelas duas palavras. Então, ao perceber a relutância dele, ela começou a mudar o rumo da conversa:

— E se formos ver beisebol? Quando não tenho nada para fazer, gosto de ir assistir os jogos.

— Podemos ir.

— Ou talvez no boliche?

— Também é bem bacana.

A conversa cada vez mais entediante fez o sorriso de Zhou Shuyi gradualmente se tornar rígido. Ele teve que chamar o garçom para interromper as intermináveis sugestões da garota e pedir algo para comer.

— Com licença, eu gostaria de fazer o meu pedido.

— Tudo bem. Qual seria?

— Eu gostaria do combo, começando com o primeiro prato...

Ao mesmo tempo em que Zhou Shuyi fazia o pedido, He Jiajing parecia estar um pouco envergonhada, mas ainda continuava com um grande sorriso ao olhar para a pessoa à qual adorava, literalmente, como um deus.

***

Na biblioteca...

Dentro da biblioteca do campus estava Gao Shide sentado na área de estudos. Ele olhava para a tela do celular que mostrava uma mensagem lida e não respondida. De repente, viu Fang Zhengwen e Jiang Yuxin caminhando em sua direção pela porta, então levantou da cadeira e foi até eles.

— Vocês sabem onde o Shuyi está? — questionou Gao Shide.

Naquele momento, Fang Zhengwen e Jiang Yuxin se entreolharam. Logo em seguida, a garota olhou de volta para Gao Shide e fez uma expressão de "não sei se devo falar a verdade ou não".

— Na verdade... o Shuyi, ele... — hesitou Jiang Yuxin por um momento, pois Zhou Shuyi teve a iniciativa de perguntar se ela estaria organizando algum tipo de atividade social, então decidiu introduzir sua caloura a ele. — Eu conheço uma caloura que é apaixonada pelo Zhou Shuyi faz um tempo, então aproveitei para apresentar os dois. Vocês dois andam próximos recentemente, por acaso vocês... não são amigos?

— Sim, somos amigos... nós somos muito bons amigos. — Gao Shide abaixou o olhar, respondendo com uma voz que parecia estar convencendo a si mesmo, aceitando uma escolha que não poderia ser alterada. — Muito obrigado por ter me contado onde o Zhou Shuyi está.

Ele voltou para sua cadeira com tristeza, mexendo nos livros abertos na mesa, mas seus olhos permaneceram fixos no celular ao lado dele, naquela mensagem lida e não respondida.

Amigos... Essa era a verdade. Eles só poderiam ser amigos.

* * *

No restaurante...

No restaurante, a garota ainda falava incessantemente, mas a pessoa sentada do outro lado da mesa ficava cada vez mais perdida em seus pensamentos.

— Eu adoro comer camarão, e você veterano? Gosta de algo?

— Gosto.

Zhou Shuyi respondeu roboticamente enquanto usava os palitinhos para pegar o camarão grelhado e colocar em seu prato. He Jiajing pensou que talvez não estivesse sendo suficientemente proativa, por isso o veterano não estava reagindo muito. Ela decidiu expressar mais cuidado e pegou o camarão grelhado mais gordo, descascou-o e ofereceu a pessoa do outro lado da mesa.

— Veterano, para você!

Zhou Shuyi levantou a cabeça e olhou para a garota com um sorriso doce, lembrando-se de alguém que também escolhia o maior camarão, descascava-o e colocava em seu prato.

No caminho de volta do restaurante para a universidade, He Jiajing continuava tagarelando, enquanto Zhou Shuyi respondia desatento. Várias vezes a garota já havia mudado de assunto, mas o garoto ainda estava respondendo à pergunta anterior.

— Veterano, está tudo bem? — perguntou He Jiajing quando parou na frente da entrada da universidade, pois estava preocupada com o fato de que o veterano não havia falado quase nada no restaurante e na caminhada de volta ao campus.

— Está tudo bem, mas e você, não tem aula agora de tarde? Vá rápido para a sala!

— Então... se der, podemos ir numa próxima vez... — He Jiajing mordeu o lábio e reuniu coragem para convidá-lo para um segundo encontro, mas a pessoa que estava pensando em outra coisa o tempo todo viu a garota em sua frente como outro alguém. Um rosto bonito, gentil e atencioso...

— Eu não quero! — recusou impulsivamente, resistindo à resposta que surgia vagamente em sua mente, mas que foi negada pela razão. No entanto, essas três palavras foram interpretadas pela garota que tentava agradar o "garoto dos sonhos" há horas como uma recusa ao convite. Ela então pisou no pé de Zhou Shuyi e disse com raiva:

— Esquece! Você nem queria estar neste encontro comigo, por isso eu já vou indo para aula. Obrigada por ter me chamado para comer, veterano.

Depois que a garota soltou essa frase, ela balançou o cabelo e se virou para sair, deixando para trás um homem desnorteado reclamando no local segurando o pé direito dolorido.

***

Na residência da família Zhou...

O piano Bösendorfer era conhecido por permitir que o pianista pudesse alcançar os seus sonhos e sua cor preta envernizada refletia o mobiliário do local. Zhou Shuyi, então, sentou-se no banco do piano passando os dedos sobre as teclas pensando no que tocaria, assim começou tocando o estudo de piano Op.10 nº3 de Chopin denominado "Adeus" ou, como era mais conhecido, "Tristesse", isto é, "Tristeza".

Essa música era a mais tocada pela sua mãe. Além disso, esse estudo havia sido a trilha sonora do filme "Cento e Um Pedidos de Casamento" que contava a história do protagonista homem que não tinha nada de especial em sua aparência e uma protagonista mulher violoncelista que contracenaram em um diálogo: "Eu não vou morrer, pois te amo. Então, não vou morrer". Esse diálogo tornou a obra um clássico insuperável que marcou o coração de todos os fãs.

— *A mamãe vai contar um segredo para você, essa música foi a que seu pai usou quando ele me pediu em casamento. Ele falou que se algum de nós tiver que partir mais cedo que o outro, queria que ele fosse a pessoa que iria ficar para que eu pudesse partir. Pois a pessoa que se vai não precisa sentir o sofrimento da perda. Me diga, Yizinho, o seu pai que parece antiquado e sério não é um baita romântico?*

Aquelas palavras da mãe de Zhou Shuyi, sem querer, foram proféticas. A doença não levou apenas o tempo que ele deveria ter passado com sua mãe, mas também levou os poucos sorrisos que seu pai tinha; deixando apenas a saudade acumulada em seu coração ao longo dos anos. Enquanto as notas fluíam, memórias de interações com uma certa pessoa surgiam em sua mente...

— *E você? Se a pessoa que você gosta, gostasse de outro, o que você faria?*
— *Eu destruiria a relação deles e entraria na jogada.*

O seu tom era de brincadeira, mas, quando Gao Shide falou, seus olhos demonstravam seriedade. Aquela pessoa não era como os outros enxergavam, um homem inofensivo e carinhoso; pois, se tivesse um objetivo, toda a sua energia seria usada para superar qualquer obstáculo, até ele conseguir o que queria.

— *Você sabe onde fica escondido o macarrão instantâneo! Você é amigo desse médico sem escrúpulos? Espera, você tem um crush pelo médico?*
— *...a pessoa de que eu gosto é você.*
— *Quê? Você gosta de mim? Mas como isso é possível?*
— *Pois é, como isso é possível...*
— *Você tá zoando, né?*
— *Claro que estou! Como não estaria? Quem mandou fazer Pei Shouyi e eu de casal.*
— *Miserável, se não quer falar então não fala, ok?!*

Zhou Shuyi concluiu que o que ele pensava ser apenas uma brincadeira na época... Na verdade, não era.

— *Você não me conta quem é a pessoa que você tem um crush, mas podemos conversar sobre como essa pessoa é, certo? Como sua personalidade, aparência ou interesses...*
— *Como você é curioso!*
— *Nós somos amigos, fala logo.*
— *A pessoa... é muito fofa. Embora algumas pessoas a achem arrogante, convencida e narcisista, aos meus olhos, ela é apenas adorável.*
— *Ser capaz de ver defeitos como virtudes é a prova de um amor verdadeiro.*
— *Talvez! Mesmo que essa pessoa seja arrogante e teimosa, ela é muito gentil com os seus amigos a ponto de se sacrificar por eles.*
— *Lealdade é uma virtude admirável.*

Agora, olhando para trás, a pessoa que Gao Shide descreveu como arrogante, narcisista, convencida, mimada e teimosa, mas muito boa com os amigos, e que preferia se sacrificar para protegê-los... era ele?

— *Você realmente não planeja se declarar, né?*
— *Eu não quero estragar a amizade que me esforcei tanto para construir.*
— *Somos ambos solitários na estrada da vida, eu te entendo. Eu já desapeguei, mas você ainda continua preso a isso. Se quiser desabafar, venha falar comigo, eu vou ouvir e manter segredo.*

Um amor entre dois garotos era como estar preso a um destino de amor secreto que não geraria nenhum resultado. A única coisa possível de se fazer era engolir esses sentimentos e disfarçá-los de amizade enquanto você assistiria o homem que você gosta se apaixonar por uma mulher.

"O verão quente arde por sua causa,
E o amor se esconde dentro de você
Tenho andado em círculos,
Pois é tão vago deixar ou não de falar
Eu quero que você saiba agora, não precisa esperar até amanhã,
Se você também quiser,
Aproveite essa chuva para suavemente quebrar algum hábito e
Fazer com que a sensação de rodopiar não seja apenas paz de espírito
O chamado daquilo que nunca tive
Desperta minha existência..."

A música que ouviu apenas uma vez, já estava firmemente gravada em sua mente. Porque era Zhou Shuyi que cantava e era ele que tocava a música. Tudo sobre ele foi secretamente guardado por Gao Shide.

— Ter falado que gosto de você não foi uma brincadeira. Ter me aproveitado do vazio dentro de você e me colocado nele também foi verdade. Você disse que a pessoa que eu amo é muito sortuda, mas é uma pena que você nunca saiba que essa sorte sempre foi sua... Zhou Shuyi, eu gosto de você.

— Gao Shide...

O nome murmurado fez a elegante melodia do piano parar abruptamente. Os dedos que saíram das teclas do piano e lentamente acariciaram a face beijada pelos lábios; a rápida intensidade do calor fez Zhou Shuyi se levantar apressadamente e sair da sala do piano, correndo para o banheiro e abrindo a torneira para se lavar com a água, ele molhou suas roupas e corpo, tentando limpar seus pensamentos cada vez mais confusos.

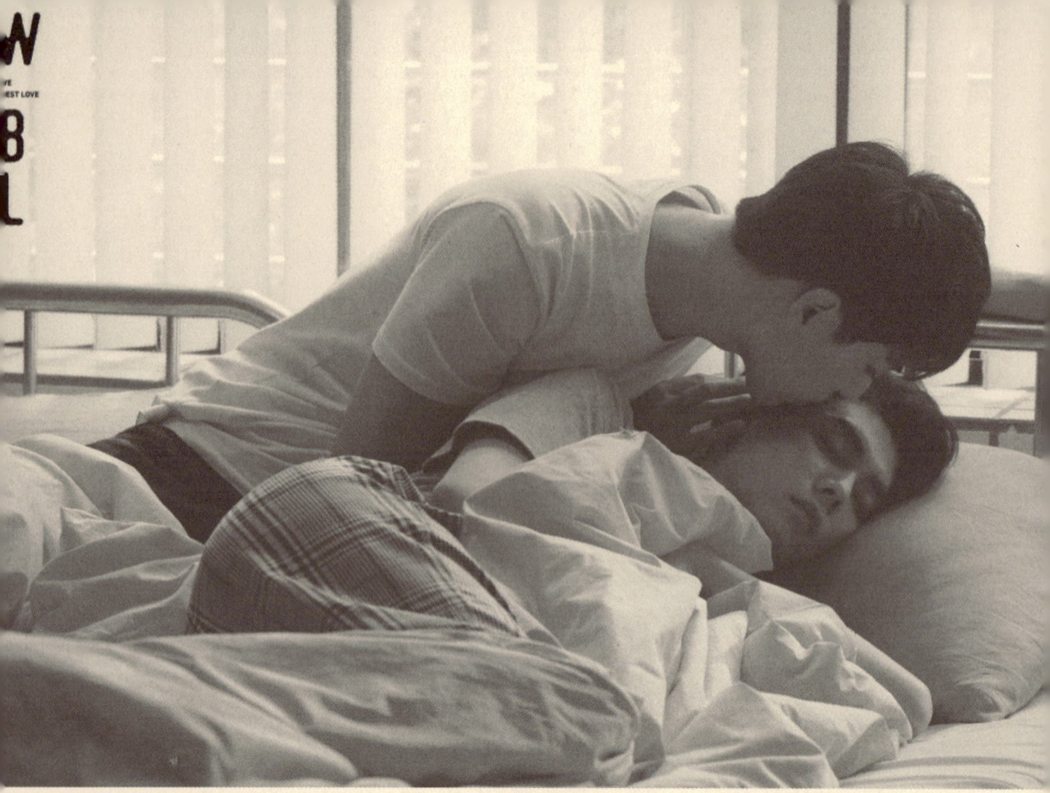
W
VE
EST LOVE
8
L

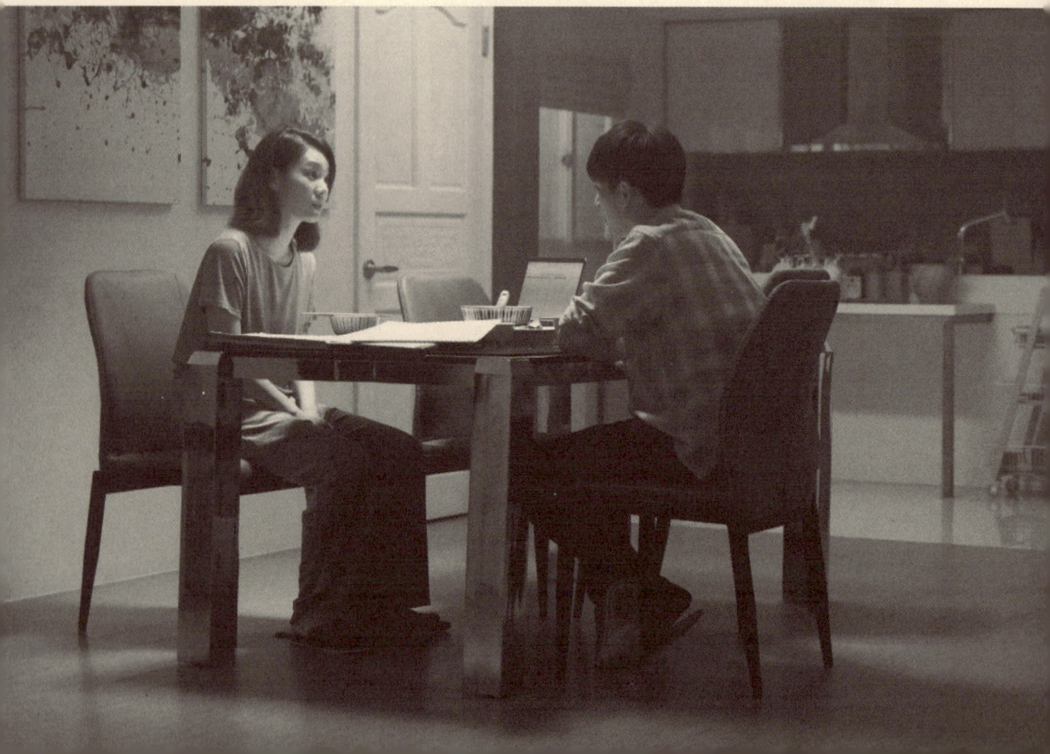

Capítulo 5

Só porque é você

Zhou Shuyi andava no campus com seus pensamentos em algum outro mundo, dentro de sua cabeça apenas aparecia o mesmo rosto acompanhado ao que essa pessoa havia dito como uma trilha sonora que ia se repetindo, de novo e de novo.

— Zhou Shuyi...

A voz chamando seu nome parecia estar distante, e era como se o rosto indo em sua direção tivesse uma espécie de efeito de pétalas de cerejeiras voando, como aqueles feitos nas cenas de *idols* das séries televisivas. Ele definitivamente apertaria o *like* do perfil do Instagram que postasse a foto daquele lindo rapaz.

— Zhou Shuyi, finalmente te encontrei.

— Mais uma alucinação...

Zhou Shuyi suspirou enquanto ria sarcasticamente de si mesmo, vendo a imagem do cara bonito agora falando. Parece que a habilidade do seu cérebro de criar alucinações estava ficando cada vez mais sofisticada. Olhe só, ele foi de uma imagem estática para uma figurinha dinâmica com áudio adicionado.

— Que alucinação?

— Ué, e ainda é capaz de se comunicar comigo?

Ele não esperava que a alucinação diante de seus olhos pudesse respondê-lo, então não resistiu a vontade de apertar as bochechas do bonitão na sua frente, mas ouviu o "Gao Shide" diante dele soltar um som de dor.

— Para de fazer isso. Dói!

A reação muito real finalmente fez o cérebro confuso acordar, e então ele percebeu que o Gao Shide à sua frente era o real e não uma alucinação criada por sua imaginação.

— Caramba! É real! — falou Zhou Shuyi enquanto dava um pulinho para trás com o susto, mas por conta da instabilidade virou o tornozelo e a dor intensa subiu direto até sua cabeça. — Caralho! Você me fez torcer a porra do tornozelo.

— Eu te levo para a enfermaria.

— Não precisa!

Ele afastou o braço que se estendia para ele, mas viu Gao Shide franzir a testa e dizer de forma autoritária:

— Você quer que eu te carregue nas costas ou nos braços? Escolhe um.

— Só me dá apoio que já está ótimo.

Entre escolher algo que era um pouco embaraçoso e algo extremamente embaraçoso, ele escolheu a opção menos vergonhosa e, em seguida, teve seu braço direito pego por Gao Shide e colocado sobre o ombro dele enquanto caminhavam com dificuldade até o centro de cuidados médicos.

***

Na enfermaria...

— Outra vez o médico sem escrúpulos — falou Zhou Shuyi, sentando-se na cadeira olhando com desgosto para o doutor em seu jaleco.

Um estrondo metálico ecoou na enfermaria quando Pei Shouyi fechou a porta do local onde estava os medicamentos e, com um sorriso sarcástico, apontou para a torção do garoto.

— Se não quer que eu ajude, então se vire sozinho, afinal, não sou eu quem está sentindo a dor — disse o médico indo em direção à porta quando acabou de falar.

A pessoa que estava em pé ao lado de Zhou Shuyi suspirou; Gao Shide não entendia como esses dois podiam se detestar tanto. Ele foi andando em direção a Pei Shouyi e perguntou suavemente:

— Onde estão os curativos? Eu vou ajudar ele a se tratar.

O homem semicerrou os olhos para a pessoa que tentava amenizar as coisas, deu um tapinha na cabeça dele e explicou:

— Você acha que estou saindo para fazer o quê? Só estou indo buscar a bandagem que acabou.

— Eu vou lá.

Gao Shide respirou aliviado após sua última fala, deixou a enfermaria e foi para o almoxarifado pegar as bandagens. No entanto, ele não percebeu que cada um de seus movimentos estavam sendo observados atentamente por outra pessoa. Pei Shouyi olhou para o menino que sem perceber seguiu com os olhos a figura que se afastava, caminhou até o lado dele, virou a cadeira e sentou-se ao lado de Zhou Shuyi com um sorriso orgulhoso.

— Eu estou aliviado.

— Quê?

— Você não é tão bom quanto eu, é incapaz de fazer o Shide ficar atraído por você. — A voz profunda do homem tornou essa frase ambígua, conseguindo fazer o jovem inexperiente olhar para ele com os olhos arregalados, mostrando uma expressão defensiva.

— O que você quer dizer?

Pei Shouyi provocativamente tocou levemente o nariz de Zhou Shuyi com o dedo e disse:

— Você não sabe que um homem pode gostar de outro homem? Diabinho.

— Então você que está interessado no Gao Shide... — falou Zhou Shuyi olhando surpreso para o doutor.

"Não é Gao Shide que gosta desse médico sem escrúpulos, mas na verdade é esse velho que gosta dele?", pensou Zhou Shuyi.

— **Sim, eu o quero a todo custo!**

Depois do que falou, o médico retirou o dedo da ponta do nariz de Zhou Shuyi e pressionou contra os próprios lábios em um gesto de silêncio e continuou com a provocação usando a mão para pentear o cabelo do rapaz ao seu lado.

— Então, *xiu*! Ajude-me a manter segredo, estou planejando fazer um movimento no próximo mês, deseje-me sorte.

— Sorte é o caralho! — Zhou Shuyi enfurecido empurrou a mão do outro e gritou impulsivamente a frase que o perturbou nos últimos dias: — Gao Shide falou que a pessoa que ele gosta sou eu!

No entanto, quando isso aconteceu, Zhou Shuyi não tinha percebido que a pessoa que havia ido ao almoxarifado já estava de volta e em pé atrás dele, tendo escutando toda a conversa entre ele e Pei Shouyi, além de ter escutado a frase mais importante. Então, Pei Shouyi levantou o rosto, olhou para Gao Shide e falou:

— Parece que o segredo que você queria guardar já não é mais segredo.

— ...

Confuso, Zhou Shuyi seguiu a linha de visão de Pei Shouyi e virou-se, como era de se esperar, viu Gao Shide em pé ali segurando as bandagens. O doutor levantou-se da cadeira com um olhar malicioso e andou em direção ao garoto pálido com sua mão estendida para tocar seu cabelo; mas Zhou Shuyi, mesmo com seu tornozelo torcido, moveu-se rapidamente para entrar no meio dos dois, afastando a mão de Pei Shouyi e tentando esconder

Gao Shide atrás de suas costas. Em seguida, alertou o médico da faculdade de jaleco branco:

— Não toque nele.

— Rapaz, fale claramente, não deixe arrependimentos — falou o homem que sorriu ao mesmo tempo que colocava o braço de volta para o seu lugar.

— *Comigo aqui, você não vai estar sozinho.*

Toda a vez que tinha uma reunião familiar durante a comemoração de Ano-Novo Chinês, as outras crianças não ousavam chegar perto dele, tirando uma criança idiota... Mesmo após mostrar indiferença, ignorá-la e fazer comentários sarcásticos pedindo para ser deixado em paz, aquela criança ainda assim entrava no seu quarto e ficava sentada no canto lendo seu livro favorito de contos de fada, silenciosamente fazendo companhia.

"Então, desta vez, eu irei pagar pelo favor me intrometendo na sua vida como um cupido, para que o meu priminho possa ficar com a pessoa que ele gosta há tantos anos e finalmente ter a felicidade que ele merece", pensou o médico.

Quando eles passaram um pelo outro, Pei Shouyi deu um tapinha no ombro de Gao Shide, fechou a porta e saiu do centro de saúde, deixando os dois meninos sozinhos no espaço.

— Gao...

— Se tiver alguma coisa para falar, espere até eu terminar de tratar seu tornozelo.

— ...

Enquanto Zhou Shuyi observava as habilidosas ações do outro, seu coração acelerou repentinamente, batendo forte em seu peito. Para desviar sua atenção, ele abriu a boca:

— Eu escutei sem querer...

Na manhã do dia seguinte ao desafio de coragem noturno, Zhou Shuyi não estava tentando fingir que estava dormindo, era apenas uma mania que ele tinha de ficar na cama mesmo acordado. No entanto, ele não estava esperando escutar uma declaração, o que o deixou sem saber como responder.

Gao Shide parou de enfaixar e olhou para a pessoa que não via há vários dias.

— Então foi por isso que você começou a me evitar e foi em um encontro com uma garota?

— Como você sabe...?

— Naquele dia, eu fiquei esperando você responder à mensagem até eu encontrar a Jiang Yuxin e o Fang Zhengwen na biblioteca. Perguntei se eles sabiam onde você estava e foi assim que eu descobri que você estava em um encontro.

Zhou Shuyi mordeu o lábio por alguns segundos e disse a resposta que havia considerado por vários dias:

— Gao Shide, eu nunca pensei em namorar com um cara.

— Eu sei.

A sua voz estava excepcionalmente calma, já que, tendo sido um espectador por tantos anos, ele até sabia o tipo de garota que Shuyi gostava. Ele já sabia que esses sentimentos não teriam futuro, e que o mais próximo que ele conseguiria chegar dessa pessoa seria como amigo. Logo em seguida, Gao Shide colocou a meia e o tênis de volta no pé machucado, amarrou cuidadosamente o cadarço e levantou a cabeça para olhar para o outro com seriedade.

— Não comece a namorar uma garota apenas para evitar me ver. Isso não é justo com ela.

— Eu não sou um canalha.

Ele era muito fiel em relação aos seus sentimentos, por isso esteve secretamente apaixonado por Jiang Yuxin por tantos anos.

— Isso é bom. — Gao Shide suspirou aliviado, forçando um sorriso e dizendo: — A melhor forma de reparar um coração partido é estando em um relacionamento, então eu te desejo um bom recomeço.

— Gao... — falou Zhou Shuyi, apenas conseguindo articular uma palavra até ser interrompido novamente por Shide, que estava dando apoio para que ele se levantasse. Entretanto, sem saber o porquê, quando olhou para aqueles olhos cheios de dor, sentiu um desconforto em seu peito.

— Tente se levantar, acho que agora não vai doer mais — sugeriu Gao Shide quando deu apoio para que Zhou Shuyi conseguisse levantar. Este tentou colocar o pé machucado no chão, apreensivo.

— Está bem melhor, muito obrigado.

Após ter certeza de que Zhou Shuyi conseguia andar sozinho, Gao Shide virou-se para a direção da sua mochila ao lado da mesa, pegou uma das alças, colocou-a no ombro e, dando as costas para Zhou Shuyi, falou:

— Zhou Shuyi, eu gostar de você é problema meu, não tem nada a ver com você. Quanto ao vídeo que eu estava usando para te ameaçar, vou deletá-lo. Muito obrigado por ter me feito companhia e pela amizade durante esse tempo, a partir de amanhã não precisa mais ser meu ajudante. — Logo em seguida, após ter ficado alguns segundos em pé e em silêncio, continuou: — Esqueça o que eu falei naquele dia.

Assim que terminou de falar, colocou a mochila nas costas e saiu pela porta de ferro fechada por Pei Shouyi. Ele deixou Zhou Shuyi em pé ali dentro, sozinho, olhando desnorteado para a direção em que saíra.

* * *

Na residência da família Gao...

PAH! — na mesa de jantar, a mãe Gao colocou os palitinhos de volta no prato e bateu as mãos em frente ao filho que estava perdido em pensamentos.

— Mãe? — Gao Shide levantou a cabeça, assustado, para olhar para a mãe.

— Oh, você ainda está vivo? Eu dei à luz um filho que pensa demais. Então, o que há de errado? No que você está pensando? — perguntou a mãe com os olhos semicerrados, observando o grande menino sentado em frente a ela.

— Não... não é nada — respondeu Shide.

— "Não é nada"? — A mãe de Gao Shide levantou a voz repetindo o que o filho acabara de dizer e continuou perguntando: — Fui eu que te pari, garoto, e você ainda acha que eu não consigo ver quando tem alguma coisa errada? Ainda quer continuar mentindo para mim? Fala logo, menino! Afinal, o que está acontecendo?

— Eu só estou pensando em como poderia deixar de gostar de alguém — falou Gao Shide depois que colocou os palitinhos no prato e levantou o olhar para a mãe.

— Já tentou ir atrás dele?

— ... — O rapaz suspirou e balançou a cabeça em sinal de negação.

— Como você pode falar em desistir sem ao menos ter tentado? Pensei que eu tinha te dado coragem quando nasceu, não me diga que você perdeu? Quer que eu te ajude a procurar? — Assim que terminou de falar, ela agachou fingindo estar procurando a coragem perdida do filho no chão.

— Mãe! — implorou o garoto para que parasse, mas ela apenas deu um sorriso antes de começar a falar.

— Meu filho, se você gosta de alguém, precisa correr atrás. Se você nem ao menos fizer um esforço, acabará se arrependendo no futuro.

— Mesmo eu já sabendo que o resultado vai ser um fracasso... — disse Gao Shide enquanto colocava a tigela que estava na sua outra mão de volta à mesa e perguntou, frustrado: — ...ainda vale a pena tentar?

A mãe de Gao Shide olhava para seu bebê que havia perdido toda a confiança, ela também colocou a tigela e os palitinhos na mesa, levantou-se de onde estava sentada e foi até o outro lado para puxar uma cadeira ao lado direito de seu filho e se sentar; e então falou:

— O que que foi, meu filho lindo? Tenha um pouco mais de confiança, está bem? Como pode saber qual será a resposta? E daí que ela não aceite? Falar os seus sentimentos para a outra pessoa e ela falar que não os aceita são coisas completamente diferentes. Além disso, a vida é bem longa, quem nunca teve altos e baixos na estrada dos sentimentos? — falou a mãe de Gao Shide enquanto passava a mão no cabelo do filho dando uma piscadela de brincadeira, e continuou: — E homens feridos são ainda mais charmosos. Talvez a outra parte mude de ideia quando vir alguém que o ama tão profundamente!

Gao Shide se divertiu com as palavras de sua mãe, e a dor em seu peito que reprimia suas emoções parecia ter aliviado um pouco. Olhando para a mãe que sempre o protegia com a rede de segurança do amor, ele perguntou:

— Mãe, eu posso te perguntar uma coisa?

— Claro!

— Por que você aceitou o pedido de casamento do meu padrasto? Você não fica preocupada de ele ser como o meu pai?

— ...

A mãe de Gao Shide olhou para o filho, pois não imaginava que ele iria lhe fazer essa pergunta. Diante da infidelidade do marido, como mulher, ela se culpou por não ter feito o suficiente; além disso, seu filho também precisou enfrentar uma família que nunca mais seria completa. Como mãe, ela se sentiu culpada por ter optado pelo divórcio. Até que um dia, seu filho que ainda era um estudante do quinto ano do fundamental a abraçou quando estava em prantos e com um tom sério falou:

— *Não chore, mamãe, não fale coisas ruins sobre você mesma, você é a melhor mãe do mundo. Eu amo tanto a mamãe. Mesmo que o papai não nos queira, nós também não precisamos dele. Essa casa não vai mudar, continuará como antes, só que agora a família de três pessoas se tornou uma família de duas, e isso não é ruim.*

O que seu filho falou permitiu que toda a culpa e autocobrança que ela estava sentindo desaparecesse. Depois disso, ela concentrou todas as suas energias em seu filho e trabalho. Como CEO da Huapan Information, ela administrava a empresa com eficiência e o desempenho crescia a cada ano. Além disso, seu filho precioso não precisava que ela se preocupasse em relação aos seus estudos ou caráter, pois ela foi vendo-o crescer cada dia mais maduro, independente e confiante. Era quase como um quebra-cabeça que fora espalhado por todo o chão, mas que ao passar dos anos foi sendo montado aos poucos, peça por peça. No entanto, ainda havia duas peças faltando: ela ter a felicidade que merecia e seu filho ter a felicidade que merecia.

Depois de anos, ela conheceu o noivo com quem agora estava prestes a se casar, um homem que também teve um casamento problematico e que também teve uma filha com a ex-mulher, mas que cuidava muito bem dela e de seu filho; pessoas que se conheceram acidentalmente formando um círculo de imperfeições, que aguentaram todas as cicatrizes que ganharam durante essa estrada de sentimentos, mas que não desistiram de achar o seu par perfeito. Então, ele a pediu em casamento, na esperança de que pudessem confiar um no outro; além disso, ela agora sairia de Taiwan para viver nos Estados Unidos com sua nova família.

Quando ela se lembrou do passado, a mãe de Gao Shide começou a demonstrar uma confiança que fora cultivada durante muitos anos em seu coração e finalmente respondeu ao seu filho:

— Um homem que foi machucado é mais atraente e uma mulher que foi machucada é mais sábia. Antigamente, eu achava que o critério para escolher um parceiro era "será que ele vai me amar?" e agora é "ele pode amar e cuidar da minha 'família' tanto quanto me ama?" pois ele precisa conseguir ainda amar a "família" com a qual me importo — falou a mãe de Gao Shide, seus olhos começando a ficar marejados; então segurou a mão do filho e disse com sinceridade: — Shide, obrigada por ser meu filho, mas também por ser meu bom amigo com quem posso contar, quem me ajudou a superar os momentos mais difíceis. Agora, encontrei a minha própria felicidade e só me resta um último desejo: ver meu precioso filho também ser feliz ao lado da pessoa que ele ama de verdade.

— Mãe...

O amor da mãe pelo filho afetou o garoto que segurava suas mãos. Gao Shide engasgou e chorou, com tantas emoções, muitas das quais eram complexas demais para serem expressas em palavras. Para dar uma aliviada na atmosfera pesada, a mãe sorriu franzindo o nariz enquanto limpava as lágrimas do rosto dele e com uma voz fofa começou a mimar o filho:

— Mesmo que você esteja com a pessoa que gosta, não pode esquecer de ir comigo para os Estados Unidos, hein? Gao Shide, como sua mãe, eu o aviso que, se você esquecer de mim por causa dessa pessoa, será muito cruel.

— Não vai acontecer! Mãe, eu prometo que farei o que prometi a você.

Como o único padrinho no casamento, ele seguraria a mão da mãe e a levaria para a felicidade.

— Então está ótimo. Agora, coma. É raro eu conseguir cozinhar para você.

A mãe de Gao Shide pegou os documentos que estavam ao lado e planejava confirmar o conteúdo do contrato enquanto comia, mas foi interceptada por Gao Shide, que pegou os papéis e colocou uma tigela e palitinhos em suas mãos, dizendo:

— Já que é raro você cozinhar para nós, então não vai ler o documento, mas sim comer com seu filho.

— Sim, senhor, meu filho querido.

— Assim é melhor.

Sentados à mesa, mãe e filho compartilharam suas comidas favoritas, trocando-as em suas respectivas tigelas, enquanto conversavam e riam. O som alegre de suas vozes preencheu a casa, que, apesar de ter apenas duas pessoas, tornou-se um lugar acolhedor e aconchegante, longe da solidão.

***

Na residência da família Zhou...

Zhou Shuyi estava sentado em seu quarto, olhando para a bandagem em seu pé direito e pensando em quando estava com Gao Shide...

— Você que é o Gao Shide?
— Sim.
— Maldito, vou me lembrar de você!

Naquela época, Gao Shide parecia estar sempre presente como um fantasma atrás dele. Em todos os lugares onde ele estava, Shuyi era e sempre o "número 2", o brilho de sua aura era incessantemente ofuscado pelo outro. É por isso que ele odiava Gao Shide mais do que tudo.

— *Zhou Shuyi, você tem algum problema?*
— *Você é que tem problema! Por que me beijou?*
— *Ninguém te disse que pode morrer se não subir para pegar fôlego?*
— *Eu pegar fôlego ou não, não tem nada a ver com você!*
— *Você ama a Jiang Yuxin, né? Você a ama tanto que ver ela se declarando para o Fang Zhengwen te fez querer morrer de tão triste, né?*
— *Chotto matte! Como você sabe sobre a Jiang Yuxin e o Fang Zhengwen?*
— *Se você está triste, não fica forçando a barra...*
— *Me deixe em paz! Não me faça meter a porrada em você!*

Acidentalmente, ele descobriu que a garota de quem gostava, na verdade, amava seu melhor amigo. Então, decidiu fugir para a piscina de natação vazia ao mesmo tempo em que chorava; depois, teve a impulsividade de pular na água, fazendo uso daquele líquido gelado para esconder as lágrimas que escorriam sem parar. No entanto, a pessoa que silenciosamente o seguia, havia entendido errado, arrastando-o de volta para a superfície, puxando-o de volta para a realidade da qual ele tentava escapar, de volta para a realidade sem a água da piscina, onde não conseguia esconder ou parar suas lágrimas.

— *Nós havíamos combinado de comermos juntos, esqueceu? Bora, pô, ainda tenho aula na parte da tarde. Desculpa, mas eu vou levar esse cara comigo.*

O constrangimento que Jiang Yuxin e Fang Zhengwen não perceberam foi notado por alguém com quem ele mal havia interagido antes.

— *Me larga! Gao Shide, me larga, cara!*

— *Se eu te largar, você vem comigo? Você faz ideia de como era a expressão que estava fazendo agora há pouco? Ou não se importa de deixá-los descobrirem que você tem um crush pela Jiang Yuxin?*

— *Tanto faz se eles souberem. Não vai fazer diferença nenhuma.*

Gao Shide pegou seu celular e iniciou um vídeo gravado anteriormente, então virou a tela para o outro assistir.

— *Então, se eu enviar esse vídeo para a Jiang Yuxin e o Fang Zhengwen, ainda não vai fazer diferença nenhuma?*

— *FI-LHO-DA-PU-TA! Mas que porra você está tentando fazer? Me seguir ainda não é mais o suficiente? Vai querer me ameaçar também?*

A última frase fez Gao Shide franzir a testa, mas antes que sua verdadeira intenção fosse detectada, ele mudou para uma expressão indiferente e disse:

— *Sim, é uma ameaça. Eu tô precisando de um colega de estudos, desde que você esteja disponível a qualquer momento, eu vou manter este vídeo e o fato de que você tem um crush na Jiang Yuxin em segredo.*

Quando começou a relembrar do que havia acontecido, tirando o momento em que foi ameaçado por Gao Shide para fazer um acordo, percebeu que, depois da interação que tiveram após se tornar o "ajudante", de fato era ele quem estava sendo cuidado esse tempo todo. Zhou Shuyi jogava comida que ele não queria comer na tigela de Gao Shide, este descascava para ele os camarões que tanto amava comer, mas odiava sujar as mãos. O ajudante era quem deveria fazer as anotações da aula, mas ele sempre acabava dormindo no ombro de seu chefe durante todo o tempo da aula.

— *Então me fala logo, quem é a pessoa que você gosta?*
— *Não quero falar.*
— *Qualé! Você já sabe todos os meus segredos, então quero saber os seus também.*
— *Não quero falar para você.*

Por que não falou apenas "Não quero falar" em vez de "Não quero falar para você"? Agora ele finalmente entendia o porquê de ele colocar mais duas palavras naquela frase, pois elas significam a distância entre "amigo" e "crush". Como amigos, talvez conseguisse contar seus segredos com um tom de zoeira, mas quando a pessoa que faz essa pergunta é "a pessoa que você gosta", só é possível responder com aquela frase...

— *Não se atreva a negar só porque você não falaria disso comigo, em que época você vive? Se realmente gosta dele então vá atrás desse sentimento, não importa quem seja a pessoa de quem goste, eu e o Fang Zhengwen vamos apoiá-lo.*
— *Yuxin...*
— *Nós ainda temos coisas a resolver. Vamos.*

"Enquanto olhava para a garota que tentava me encorajar a correr atrás do amor, segredo que eu mantivera oculto por todo esse tempo parecia prestes a escapar dos meus lábios a qualquer instante, pronto para revelar a verdade há tanto guardada: 'Jiang Yuxin, eu gosto de você, a pessoa que eu gosto sempre foi você'", pensou Zhou Shuyi.

Quando as emoções estavam prestes a sair do controle, a pessoa que sempre estava observando tudo de longe de repente se aproximou, cobriu seus olhos e o levou para longe do lugar onde ele não podia mais ficar, usando uma mentira improvisada...

— Que merda! — falou Zhou Shuyi dentro do quarto enquanto pegava uma das almofadas que estava atrás da cintura e jogando-a contra a parede, na tentativa de extravasar a raiva.

— *Zhou Shuyi, eu gostar de você é problema meu, não tem nada a ver com você. Quanto ao vídeo que eu estava usando para te ameaçar, vou deletá-lo. Muito obrigado por ter me feito companhia e pela amizade durante esse tempo, a partir de amanhã não precisa mais ser meu ajudante. Esqueça o que eu falei naquele dia.*

"Por que precisava falar essas coisas? Por que você tem que gostar de mim? Por que não podemos nem ser amigos?", pensou Zhou Shuyi.

— O que você quer dizer com "não ter nada a ver comigo"? A pessoa que você gosta sou eu, como eu posso não ter nada a ver com isso?

À medida que Zhou Shuyi falava, mais ele ia ficando com raiva e, assim, chutou a lateral da cadeira usando o pé direito machucado num ato de fúria. Logo em seguida, puxou o pé com força por conta da torção enquanto chorava de dor. Era estranho para ele ter feito amizade com alguém e subitamente ser deixado de lado.

"Que ódio! Mas que ódio!", exclamou Zhou Shuyi em sua cabeça. Mesmo se alguém quiser abandoná-lo, ele nunca aceitará ser abandonado.

— Desde pequeno, ninguém nunca ousou negar minha amizade. Gao Shide, você acha que eu me importo com você? Não me importo!

Em um acesso de raiva, ele retirou a bandagem por inteira e jogou-a no chão. Depois, levantou-se com os olhos marejados, virando-se em direção ao banheiro para que pudesse lavar o suor do corpo. No caminho para o banho, sua mente estava ocupada por algo sobre o qual ele não conseguia parar de pensar... Gao Shide.

***

Na faculdade...

— Ei, o que você acha de a gente ir comer *hotpot* apimentado? Não é a sua comida favorita? Eu conheço um restaurante que está fazendo muito sucesso na internet, vamos lá agora?
— Uhum.
— Faz tempo que a gente não sai juntos ou talvez pudéssemos sair para passear na ilha? Ou talvez ficarmos em uma pousada? Eu vou a qualquer lugar que você queira ir.

Nos corredores, Liu Bingwei andava do lado direito de Zhou Shuyi, constantemente sugerindo lugares para irem depois da aula. Mas a pessoa ao seu lado estava tão distraída que não ouviu uma palavra do que ele havia dito.

— Shuyi, na verdade, eu gostaria de convidar você para sair porque... — disse Liu Bingwei sem terminar a sentença quando viu a expressão anormal de Zhou Shuyi. Assim, ele parou de andar e colocou-se na frente sorrateiramente pegando as pernas da calça de Zhou Shuyi, pois havia decidido que nunca teria outra chance de falar aquela frase.

— Gao Shide? — falou Zhou Shuyi; na sua linha de visão, ele apenas enxergava outra pessoa que estava andando na sua direção.

No entanto, naquele momento, Gao Shide estava discutindo sobre o conteúdo da aula com Shi Zheyu, olhando para cima reflexivo. Foi quando escutou uma voz chamar seu nome, mas ao contrário do que fazia normalmente ao andar na direção de Zhou

Shuyi, Gao Shide não sorriu, apenas desviou o olhar fingindo que estava procurando o celular no bolso e disse:

— Eu esqueci meu celular. — Em seguida virou-se e deixou aquele lugar o mais rápido possível.

Deixando Shi Zheyu confuso, ele encarou Zhou Shuyi, que estava na sua frente, com descontentamento, e então seguiu os passos de Gao Shide, deixando o corredor das salas de aula.

— ...

A sensação de ser deixado para trás inundou seu peito novamente, Zhou Shuyi agarrou as alças da mochila e virou-se na direção oposta.

— A sala fica para o outro lado, para onde você quer ir? Ei! Shuyi! Ei!

Liu Bingwei não sabia o que estava acontecendo, tentou gritar várias vezes para Zhou Shuyi antes de ter começado a correr atrás dele, desistindo de falar sobre o que ele queria conversar naquela hora. Liu Bingwei passou o braço envolta do pescoço de Zhou Shuyi e levou a pessoa que estava com péssimo humor para comer um grande *hotpot* apimentado.

***

Na enfermaria...

— Ai, ai, ai, ai, ai...! Eu estava errado, já entendi... Au...!

O grito do que parecia ser de um porco sendo morto, ecoava da enfermaria até o lado de fora no corredor e as pessoas que estavam passando por lá não conseguiam evitar de se arrepiarem ao ouvi-lo. Isso aconteceu pois, lá dentro da enfermaria, Pei Shouyi estava trocando as bandagens do machucado de um estudante, mas, diferentemente dos outros médicos que eram gentis e calmos com as dores dos machucados dos pacientes, ele apertava as bandagens de forma cruel fazendo o estudante chorar de tanta dor.

— Na próxima vez que participar de um racha, eu vou quebrar seu crânio para confirmar se você tem um cérebro ou não, só a falta de um explicaria se atrever a fazer isso novamente. Conhecendo a dor, consequentemente, vai saber o que significa o ditado "não pode danificar o corpo que você recebeu de seus pais".

— É "'não se atreva' a danificar e não 'não pode' danificar". Mano, você está precisando dar uma melhorada no seu chinês — falou o garoto que estava pálido de tanta dor, pois não podia perder a chance de ridicularizar o médico sem escrúpulos.

Pei Shouyi sorriu friamente, curvou os cantos dos lábios e apertou com força o local que havia acabado de enfaixar, fazendo com que o jovem estudante, que estava gemendo de dor, gritasse novamente em agonia, como um porco prestes a ser abatido.

— Ah! Que dor, porra!

— Suma.

— Sim, senhor, sim, senhor!

Pei Shouyi soltou a mão e o rapaz que há um segundo estava falando palavões, mas imediatamente se tornou submisso como um passarinho, mancando enquanto saía do centro de saúde mais assustador do que o inferno, acompanhado por seu amigo que o ajudava a cuidar da lesão.

Gao Shide que estava em pé na frente da porta assistindo tudo que aconteceu ali dentro, deu um espaço para que as duas pessoas que ele não sabia de qual curso eram, pudessem sair correndo do médico sem escrúpulos da faculdade.

— Pei Shouyi...

— ...

Pei Shouyi levantou a cabeça na direção de Gao Shide, a figura que estava em pé na frente da porta era como uma silhueta por conta da luz do sol assemelhando-se com uma cena que estava guardada em sua memória. Uma vez existiu uma pessoa que adorava ficar em pé no corredor da enfermaria com macarrão instantâneo, olhando quietamente para Pei Shouyi ocupado.

— **Pei Shouyi**! — A pessoa que havia caminhado até ele, vendo-o sentado na cadeira em estado de torpor, teve que aumentar o tom de voz para finalmente trazer de volta à realidade.

— *Hm*? — Pei Shouyi olhou para o jovem à sua frente, respondendo com um olhar vago.

— Está no mundo da lua, é?

— Nada, só que vendo você em pé na porta me fez lembrar do estudante problemático que eu costumava atender quando eu trabalhava numa escola de ensino médio. — Pei Shouyi olhou para o rosto de Gao Shide mal-humorado e continuou: — O que foi? Você e aquele garoto brigaram de novo? — Nos últimos tempos os dois tinham passado muito tempo juntos, era estranho eles estarem separados.

Gao Shide colocou as mãos no bolso de sua calça e andou em direção ao homem vestido com jaleco e perguntou:

— Por que você se meteu entre a gente de propósito naquele dia?

— Quem mandou vocês comerem o meu macarrão instantâneo?

— Macarrão instantâneo? Uma tigela de macarrão instantâneo é tão importante assim?

— Vocês podem comer qualquer coisa, menos o meu macarrão instantâneo, porque... — falou Pei Shouyi parando antes que contasse o restante da resposta, pegou a pasta de documentos e foi para a parte de trás da mesa de escritório jogando a papelada em cima dela e continuou: — Aquele macarrão era meu.

— Se você não tivesse sido tão inconveniente, talvez poderíamos ter sido amigos até a formatura.

— Eu não sei o porquê de você estar tão irritado. — O homem tirou o jaleco branco e sentou-se em uma cadeira, olhou seriamente para o rapaz que estava descontando as frustrações nele e prosseguiu: — Para deixar tudo bem claro que tal não fazer com que nós dois percamos tempo nisso?

Dizem que o amor é como uma chama, não pode ser contido, e só de observar o olhar desse garoto para o outro, era evidente onde seus sentimentos estavam. Ele apenas queimou o papel que envolvia a chama diretamente, o que há de errado nisso?

— Realmente, como uma pessoa que sofre de bloqueio emocional incapaz de sentir felicidade poderia entender o que estou sentindo agora?

— Gao Shide!

— Perdão… eu vou para a aula… — falou o primo com a cabeça abaixada por conta da culpa estava sentindo depois de ter visto a expressão fria e olhos surpresos no rosto de Pei Shouyi, o que fez ele perceber que não havia se expressado da maneira correta.

Assim, Gao Shide saiu andando daquela enfermaria com a atmosfera embaraçosa em direção à sala de aula.

***

— Merda…

Dentro da sala onde o piano estava colocado, Zhou Shuyi estava apoiando os cotovelos no instrumento de cauda enquanto olhava para o celular que fora colocado no suporte de partituras e xingou em voz baixa. A tela do telefone mostrava a conversa entre os dois por mensagem, cada parte daquela conversa o fazia lembrar dos bons momentos que passaram juntos.

— Se você quer tanto ver Gao Shide, por que não vai atrás dele em vez de se fazer de forte?

A garota, que já estava parada na porta por alguns minutos sem ser notada, se aproximou do piano de cauda preto e perguntou para a pessoa que continuava olhando para a tela do celular sem fazer uma chamada ou enviar uma mensagem. Zhou Shuyi, que ainda olhava para o aparelho sem levantar a cabeça, disse:

— Se eu tomar a iniciativa, isso não mostrará que eu me importo demais com ele? Isso é humilhante!

A resposta infantil fez Jiang Yuxin revirar os olhos e retrucar sem cerimônia:

— Você é uma criança? Qual é o seu problema?!

— Mas dito isso, Yuxin, você não acha estranho? Eu e Gao Shide estamos em cursos diferentes, com horários e salas de aula diferentes. Por que ele sempre consegue me encontrar? E ele está sempre andando por perto de mim?

Zhou Shouyi tinha algumas coisas que queria falar frente a frente com Gao Shide, mas o outro estava deliberadamente evitando os lugares nos quais eles poderiam se encontrar, fazendo Zhou Shuyi achar que estava sendo feito de idiota. Ou seja, não importava se ele fosse na sala para bloquear a passagem das pessoas ou fosse para o refeitório e tentasse a sorte, ele não conseguiria achar a pessoa que o infernizava todos os dias. Então, Jiang Yuxin abriu as mãos e deu de ombros:

— Não me surpreende.

— Por quê?

— Porque em todos os lugares que você está desde a infância, se olhar ao redor, você pode vê-lo.

— Como é possível?

— Você se esqueceu? Quando a gente era criança e brincava de esconde-esconde, toda vez que o Gao Shide era o pegador, você era sempre o primeiro a ser pego, porque... — A garota riu e com o dedo cutucou o nariz de Zhou Shuyi. — Não importa onde esteja, os olhos dele sempre estarão em você.

— *Stalker* — concluiu Zhou Shuyi com o tom baixo de voz como se estivesse repreendendo Gao Shide. Ele então deu um sorriso orgulhoso enquanto o rosto ficava vermelho rapidamente após ter dito a palavra.

— Shuyi... — iniciou Jiang Yuxin quando sentava no banco do piano para que pudesse encarar o seu amigo de infância que era dois anos mais novo que ela e, assim, com seriedade seguiu perguntando: — Você gosta do Gao Shide?

— Eu...

"Eu não..." – as duas palavras que ele ia falar foram engolidas pelos batimentos violentos de seu coração. No entanto, no passado, mesmo que Fang Zhengwen ou Jiang Yuxin tivessem algumas coisas para resolver e eles ficassem sem contato por uma ou duas semanas, ele não ficaria tão mal quanto agora. Mas nesses últimos dias que Gao Shide estava o evitando de propósito e mesmo quando ele ia tocar piano, durante as refeições, durante o treino do Clube de Natação ou até mesmo na biblioteca, ele não conseguia parar de pensar nele... "Gao Shide" – esse nome era como uma sombra da qual ele não conseguia se desvencilhar, aparecendo constantemente em sua mente. Até no seu caderno de anotações, ele escrevia incontrolavelmente "*Gao Shide ga daisuki*"[13], mas depois ficava tão nervoso que começava a rabiscar a parte do "*daisuki*" com a caneta esferográfica.

— Apesar de não saber quando você começou a ter sentimentos diferentes por aquele cara, como nosso triângulo de ferro está junto desde quando éramos pequenos, eu sou a que melhor te conhece.

---

13. GaoShideが大好き: Significa "Gosto muito do Gao Shide" em japonês, sendo "daisuki" a parte do "gosto muito".

Então é por isso que eu tenho muita certeza disso... Shuyi, você está apaixonado pelo Gao Shide — compartilhou Jiang Yuxin suas observações, dando um sorriso gentil, o que a fazia parecer sua irmã, com o braço em volta do pescoço dele. Em seguida, olhou para o rosto de Zhou Shuyi e continuou: — Você se lembra daquela frase que todos nós amamos do nadador profissional Michael Phelps? Eu quero poder olhar para trás e falar...

— Eu quero poder olhar para trás e falar "fiz tudo o que pude e fui bem-sucedido". Eu não quero olhar para trás e falar que eu deveria ter feito isso ou aquilo.

"I want to be able to look back and say, 'I've done everything I can, and I was successful'. I don't want to look back and say I should have done this or that."

— Então, Shuyi, já que esses sentimentos floresceram no seu coração, você terá que decidir se vai encarar ou fugir deles. Como amiga, eu espero que o que você decidir não te faça se arrepender no futuro.

— Eu entendi, Yuxin, muito obrigado. — O rapaz mostrou um sorriso aliviado e radiante em seu rosto.

— O que é isso de agradecer? Afinal, somos melhores amigos para a vida toda, não é?

— Sim, nós seremos amigos para sempre.

Houve uma vez que a opção de amigo o fazia sofrer; outra vez, o sentimento de querer e não poder o fazia ter inveja dos seus melhores amigos; no entanto, talvez um dia no futuro ele viesse a desapegar desse amor secreto, para que possa aceitar alegremente a posição como amigo e, além disso, aceitar o fato de estar apaixonado por um outro rapaz.

— Se caso o Gao Shide não te queira, você é bem-vindo para vir chorar no ombro da sua irmã mais velha — disse Jiang Yuxin depois que alegremente deu uma piscadela para Zhou Shuyi e cutucou a bochecha dele com um de seus dedos.

— Fang Zhengwen vai te dar um pé na bunda, sua *tomboy*! — Após proferir essas palavras, o rapaz saltou da cadeira e correu desesperadamente em direção à porta da sala de aula.

— Zhou Shuyi, você provocou a sua própria morte!

— Há, há, há!

A garota ficou furiosa e correu atrás dele, enquanto o som de suas risadas e brincadeiras ecoavam pelo corredor fora da sala de música, sem se dissiparem por um longo tempo.

***

No prédio principal...

— Gao Shide! Você gosta ou não do Zhou Shuyi?

Shi Zheyu estava em cima da grama da frente do prédio principal, cara a cara com Gao Shide. Desde aquele dia do encontro acidental entre Gao Shide e Zhou Shuyi no corredor, ele tinha ficado estranhamente mais quieto, aquilo realmente o deixou magoado a ponto de ele chegar à conclusão que deveria deixar claro algumas coisas naquele dia. Gao Shide olhou com raiva para o seu amigo enquanto o questionava com as sobrancelhas franzidas.

— Você me chamou aqui depois da aula para me perguntar isso?

— Responda a minha pergunta, você gosta do Zhou Shuyi?

— Não é da sua conta — disse Gao Shide virando-se para ir embora.

— Gao Shide, eu gosto de você! — Shi Zheyu agarrou a manga de Gao Shide com uma expressão destemida e gritou as palavras que não teve coragem de confessar antes. — Gosto de você desde que você se transferiu para cá e viramos amigos, eu tenho gostado muito de você.

— Eu sei — disse Gao Shide depois de um momento de silêncio retirando vagarosamente os dedos que estavam agarrados na sua manga.

— Você sabe? Você sabe que eu gosto de você, mas nunca tentou recusar as minhas investidas? — questionou Shi Zheyu com os seus olhos surpresos que começavam a encher de lágrimas por causa da própria ingenuidade. — Gao Shide, é divertido me ver girando em torno de você assim?

— Eu te considero meu melhor amigo.

— Mas eu não sou! — As lágrimas de Shi Zheyu continuavam nos olhos, mas recusaram-se a cair.

— Zheyu, não imponha seus sentimentos aos outros, sentimentos não são recompensados apenas por esforço — disse Shide. Essa frase não era só dirigida à outra pessoa, mas também a si mesmo.

Ainda que Gao Shide tivesse percebido que Shi Zheyu se importava consigo, ele nunca revelou isso para o seu amigo. Então, desde o início, ele sempre manteve a amizade com distância para que não desse nenhuma esperança para Shi Zheyu.

— Caso você tivesse me falado antes que você sabia, eu nunca... — disse Shi Zheyu interrompendo a própria fala.

"Não era pesado demais o que eu ia falar? Eu vou parar de gostar do Gao Shide? Não, eu posso ser recusado, posso chorar que nem um bebê ou ficar triste, ainda assim, vai sempre existir aquela parte onde o meu amor por ele não mudará. O que Gao Shide falou é verdade, você pode gostar de alguém, mas não deveria forçar esses pensamentos na outra pessoa, pois o amor não é um problema matemático que só basta aplicar a fórmula para chegar na resposta", refletiu Shi Zheyu.

— Zheyu, se eu me fiz entender errado em algum momento, me perdoa. Eu não posso corresponder aos seus sentimentos, mas eu realmente considero você como um amigo com quem eu posso falar sobre tudo. Então espero que ainda possamos ser amigos no futuro.

Ao ter virado a esquina do corredor, Zhou Shuyi avistou Gao Shide dando as costas e indo embora, enquanto Shi Zheyu estava em pé do lado de fora da sala de aula. Ele, então, voltou o caminho que havia feito e ficou escondido nas sombras da virada do corredor.

— *Eu nunca pensei em namorar com um cara.*
— *Eu sei.*

Mesmo depois de ter certeza de seus próprios sentimentos, essa afirmação ainda permanecia verdadeira. Ele não queria namorar outros garotos, exceto Gao Shide – ele era especial. Não tinha nada a ver com gênero, idade ou qualquer outro aspecto externo, ele apenas foi atraído por Gao Shide dessa maneira.

— *Esqueça o que eu falei naquele dia, te desejo toda a felicidade do mundo.*

"Não quero mais ver esse tipo de expressão triste no rosto dele, eu não vou aguentar mais. Eu quero fazê-lo feliz, quero fazer... ele a pessoa mais feliz do mundo."

— Gao Shide, eu quero ser o "motivo" da sua felicidade — murmurou Zhou Shuyi para si mesmo; em seguida, encolheu os ombros para que não fosse visto por Shi Zheyu que estava em pé do lado de fora da sala de aula enquanto seguia Gao Shide a uma certa distância.

***

Na vizinhança de Ximending...

Depois do anoitecer, as lâmpadas neons foram gradualmente acendendo, com a missão de substituir a luz do sol para iluminar a cidade. Esse lugar sempre foi o ícone da moda mais popular em Taipei, onde muitas pessoas recebem cartões de contato de agentes de talentos e, em seguida, se transformam em estrelas brilhantes na indústria do entretenimento em chinês.

Gao Shide estava andando na passarela para atravessar a rodovia em Ximending, olhando para baixo em direção ao fluxo incessante de carros. Ele escutou um zunido e então percebeu que era o celular dentro do bolso de sua calça que começou a vibrar com mensagens. Tirou-o do bolso para verificar.

Zhou Shuyi: Onde você está? Eu tenho algo que gostaria de falar com você.

O dedo de Gao Shide hesitou, ele ponderava se deveria abrir ou não a mensagem e responder o questionamento de Zhou Shuyi. Depois disso, ele finalmente decidiu bloquear a tela do celular de novo para que a mensagem continuasse com o *status* de não lida; e assim seguiu segurando o aparelho ao lado com a tela apagada enquanto continuava andando de cabeça baixa até o fim da passarela.

— Por que você não respondeu à mensagem? Você realmente está me evitando, né, Gao Shide?

Uma voz de tom irritado veio de trás de Gao Shide e ele que estava andando na passarela, parou de repente com a surpresa; assim, virou-se para olhar quem estaria à sua frente. Zhou Shuyi, desde o momento que Shi Zheyu se declarou, esteve do lado de fora da sala de aula, estava seguindo Gao Shide pois planejava fingir que queria "saber" onde ele estava e de repente aparecer no mesmo lugar. No entanto, ele não esperava que a mensagem poderia ficar no *status* de "não lida" e por isso andou até a frente de Gao Shide para que pudesse mostrar toda a sua indignação.

— Estou cansado de brincar de esconde-esconde. Isso é só para me deixar de lado, né?

— Eu já deletei o vídeo, mas se você não acredita, pode checar — falou Gao Shide pensando que o propósito de Zhou Shuyi era confirmar por ele mesmo se o vídeo ainda estava sendo guardado. Dessa forma, Gao Shide decidiu estender a mão que segurava o celular para o outro, mas ela foi estapeada para longe com força.

— Você usou o vídeo para me ameaçar porque achou que eu fosse ficar preso à tristeza de perder a pessoa de que eu gostava, certo? Falamos que, se eu pudesse ganhar de você, o acordo de ajudante seria quebrado. Isso também foi para tirar a minha atenção daqueles sentimentos, certo? — questionou Zhou Shuyi enquanto Gao Shide escutava aquelas perguntas que estavam tentando desmascarar a verdade por trás de suas ações, mas em seguida desviou o olhar para o fluxo de carros sob a ponte.

— Não pense coisas tão boas de mim, eu só queria virar seu amigo... ficar mais próximo de você. — Pelo menos antes da formatura, antes que Gao Shide deixasse Taiwan com sua mãe para morar nos Estados Unidos, ele poderia usar essa amizade para que pudesse dar fim a esses sentimentos.

— A sorte da qual você falou, ainda é minha?

— Quê? — perguntou Gao Shide confuso, logo em seguida virou a cabeça para olhar a pessoa que estava na frente dele, pois aquelas palavras tão de repente o fizeram ficar desnorteado.

— Naquele dia na enfermaria, eu falei para você que a pessoa que você gostava era sortuda. E depois, quando você pensou que eu estava dormindo, falou no meu ouvido que na verdade essa sorte sempre pertenceu a mim.

— *Ter falado que gosto de você não foi uma brincadeira. Ter me aproveitado do vazio dentro de você e me colocado nele também foi verdade. Você havia falado que a pessoa que eu gostava era muito sortuda, mas essa sorte sempre pertenceu a você... Zhou Shuyi, eu gosto de você.*

Zhou Shuyi andou rapidamente em direção a Gao Shide, pegou o colarinho dele, o puxou para perto e, com seriedade, perguntou:
— Gao Shide! A pessoa sortuda de quem você gosta ainda sou eu?
— Você falou... que não gosta de mim...
A voz era dolorosa, não importava o quanto tentasse, esses sentimentos nunca seriam aceitos, o que fazia ele quebrar em pedaços a cada palavra. Ele não ousava fitar os olhos da outra pessoa naquele momento, pois tinha medo de ver o desgosto por seus sentimentos dentro dos olhos de Zhou Shuyi.
— Você acha que eu não gosto de você? — perguntou Zhou Shuyi, relembrando de quando estava no banho. Não importava a quantidade de tempo que ele ficava sob o jato d'água do chuveiro, não conseguia possível lavar as ideias tumultuadas. Independentemente do que ele fizesse, sempre pensava nessa pessoa e perseguia a sua sombra em todos os lugares. Cada momento que passavam juntos era profundamente gravado em sua mente, repetindo-se incontrolavelmente.. — Por sua causa, eu não gostava... mas agora tenho que gostar...
Então foi ali que Zhou Shuyi percebeu que inconscientemente ele já havia o colocado numa posição acima de amigo. Assim, Gao Shide levantou a cabeça e fechou os olhos, colocou a mão no ombro de Zhou Shuyi e o empurrou aos poucos para longe, depois deu dois passos para trás.

— Se você está falando essas coisas com o propósito de me zoar, perdão, mas eu não consigo rir.

— Eu não estou zoando você, estou falando sério — falou Zhou Shuyi puxando o braço de Gao Shide, para que pudesse mais uma vez se expressar, mas foi rapidamente interrompido pelo outro, que o encarou e disse com olhos vermelhos.

— A pessoa que você gosta não é a Jiang Yuxin? Por favor, você pode fazer qualquer coisa para me zoar que eu vou aceitar, mas não faça isso com os meus sentimentos, porque eu não consigo.

Desde o ensino médio, ele percebeu que os sentimentos que tinha por Zhou Shuyi eram diferentes dos que tinha pelos seus amigos. Inicialmente, Gao Shide pensava que era porque o garoto tinha esquecido dele e por conta disso, não queria ser esquecido novamente. Porém, conforme foi tendo mais idade, aos poucos foi entendendo que esse sentimento era de um garoto que gostava de outro, um amor que não poderia ser aceito. Por isso, ele decidiu esconder esses sentimentos dentro de seu coração e, quando estava sozinho, pegava sorrateiramente uma foto escondida no fundo de seu guarda-roupa sorrindo, olhando para Zhou Shuyi, que mesmo relutante, ainda tirou uma foto com ele no pódio de premiação.

— Por que você não acredita em mim? — questionou Zhou Shuyi olhando para os olhos cheios de lágrimas de Gao Shide e sentiu o seu peito doer muito.

O desprezo, a indiferença e cada vez que foi rejeitado e ignorado eram as causas que levaram Gao Shide a não acreditar que o outro havia se apaixonado por ele. Então, Zhou Shuyi pegou o cordão que estava pendurado em seu pescoço e arrancou-o, ignorando completamente o fato de a parte de trás dele estar com sangue por conta da corrente ter sido rompida à força contra sua pele, e, em pé naquela passarela, em meio ao som dos carros barulhentos, ele disse:

— Se eu arrancar isto fora, você vai acreditar que eu estou apaixonado por você?

— Arrancar seu cordão da sorte não significa nada — falou Gao Shide depois de ter suspirado e colocado um sorriso irônico em seu rosto.

Todas as vezes que ele tentava se aproximar, criava mais esperanças de que algo poderia mudar, mas todas as esperanças haviam terminado em decepção. A amizade era o mais próximo que conseguiria ficar dele, qualquer relacionamento além disso seria impossível.

Mas quando Zhou Shuyi viu as lágrimas escorrendo nas bochechas de Gao Shide, uma cena apareceu em sua mente de repente. Era uma lembrança de quando era pequeno, um garoto que tinha as mesmas expressões de Gao Shide estava sentado nas escadas no fim de um corredor enquanto abraçava os joelhos cobrindo sua cabeça para chorar. O garoto olhou para cima com sua face cheia de orgulho recusando o lenço sendo oferecido, porque não queria que fosse visto chorando por um estranho e também não queria que o estranho visse sua fragilidade.

Então, ao voltar para realidade, virou-se para pegar o corrimão da passarela enquanto estava em pé ali virado para a movimentação dos carros, virado para todas as pessoas passando por aquela área movimentada e assim gritou o mais alto o possível:

— Eu, Zhou Shuyi, gosto de Gao Shide! *Dai, dai, dai, daisuki*! *Sekai ichiban de daisuki*[14]! A pessoa que mais gosto neste mundo é ele!

Depois disso, Zhou Shuyi não deu nenhum tempo de reação para Gao Shide e apenas pulou da beira da passarela para agarrar

---

14. 大・大・大・大好き！世界一番で大好き: Significa "Gosto muito, muito, muito, muito! Que mais gosto neste mundo!" em japonês, sendo que na segunda metade é utilizado propositalmente o termo "ichiban" que, sozinho, significa "número 1", dando um duplo sentido de ser o "número 1 do mundo da qual ele gosta muito".

a nuca dele, beijando aqueles lábios macios e quentes. Por um momento, parecia uma cena congelada de algum filme, ficando tempo o suficiente para atravessar o coração. O cérebro de Gao Shide parou de funcionar completamente apenas deixando que Zhou Shuyi o beijasse mais e mais e o calor que vinha do corpo do outro passava através dos lábios até chegar ao coração.

Logo em seguida, Gao Shide levantou as mãos e gentilmente abraçou Zhou Shuyi, fechou os olhos e começou a beijar de volta a pessoa pela qual tinha um crush há tantos anos. Só quando os beijos desajeitados deixaram os dois sem fôlego é que eles se separaram relutantemente. Assim, Zhou Shuyi sorriu e perguntou com um tom brincalhão:

— Esse foi o seu primeiro beijo?

— Não — falou olhando para a pessoa à sua frente enquanto balançava a cabeça em sinal de negação.

— Com quem foi? — Um tom monopolizador involuntariamente saiu da pergunta.

— Num dia, eu salvei um idiota que estava quase se afogando e quando eu estava arrastando-o para fora da piscina, eu acidentalmente o beijei.

— Aquilo não conta, o seu primeiro beijo precisa ser meu — falou Zhou Shuyi relembrando daquele episódio da piscina e do beijo inesperado, logo ficando com o rosto todo vermelho, em seguida passou os braços atrás de Gao Shide para que pudesse beijá-lo novamente.

***

Afinal de contas, gostar de alguém é responsabilidade de quem? Quem deve ser culpado por quebrar as expectativas? Porque foi você que me fez gostar mesmo que eu não quisesse.

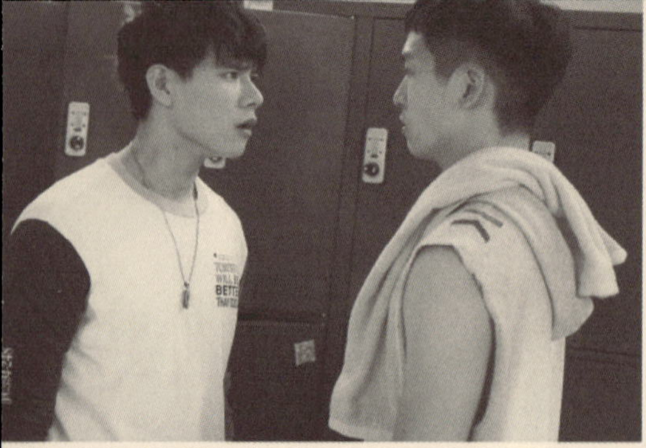
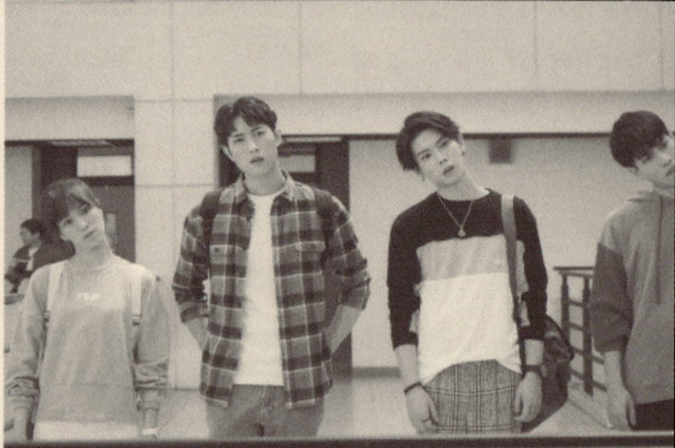
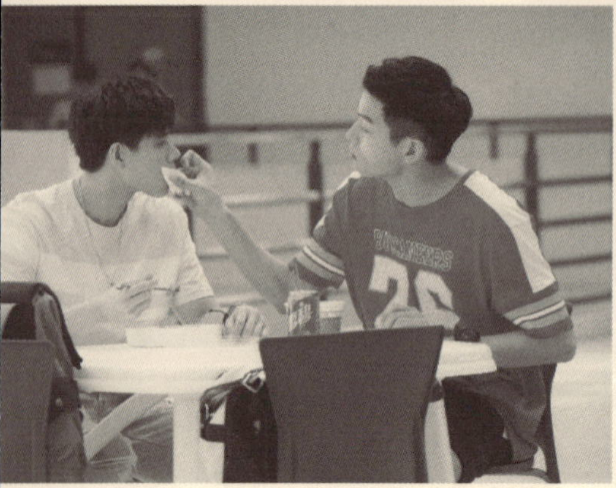
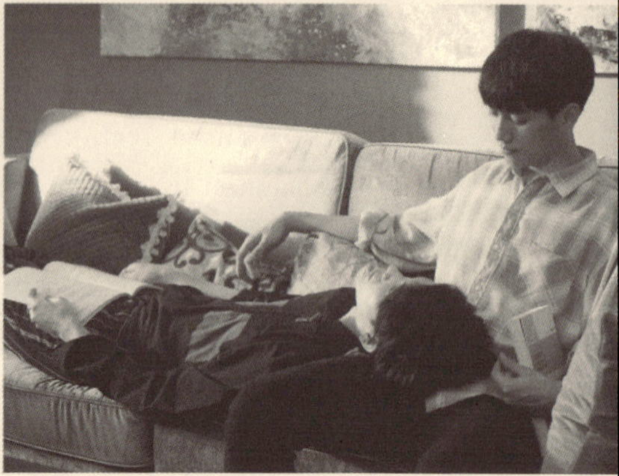
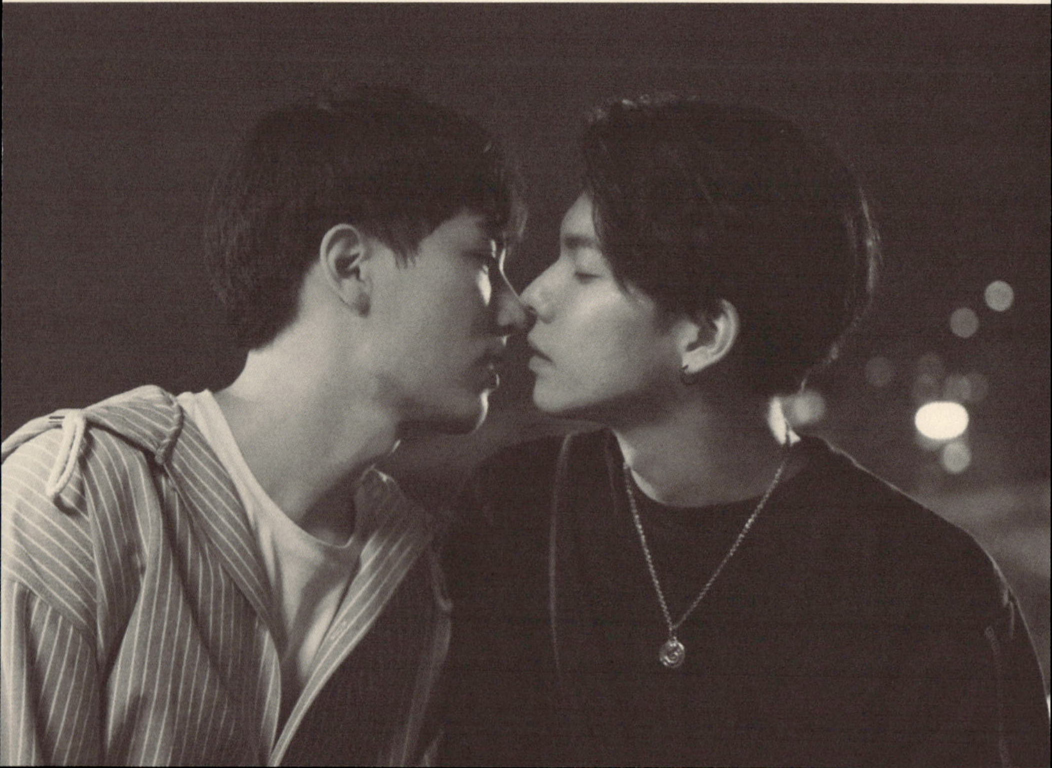

Capítulo 6

Ei! Eu gosto de você

Dentro de um barzinho...

— Não esperava que vocês me encontrassem para tomar uma bebida depois do trabalho.
— Opa...
Pei Shouyi rasgou a embalagem do curativo, bateu forte a bandagem no pescoço de Zhou Shuyi, onde o colar arranhou a pele. A pessoa ferida baixou a cabeça e gemeu, imediatamente atraindo o olhar preocupado do homem sentado à direita de Pei Shouyi, que o advertiu:
— Cuidado!
— Parem com o grude de vocês dois na minha frente.
Quando se sentou, o homem encarou com os olhos cerrados Gao Shide que, em contrapartida, não desgrudava sua linha de visão da outra pessoa. Mas Pei Shouyi não estava com raiva, pois Gao Shide estava sorrindo cheio de orgulho enquanto passava o braço nos ombros de Zhou Shuyi.
— Por que você não apresenta a futura família de Zhou Shuyi para ele?
— Família? — falou Zhou Shuyi olhando surpreso para Gao Shide e depois olhou para o doutor, que era secretamente chamado de "doutor sem escrúpulos" pelos alunos da universidade.
— Pei Shouyi é o meu primo.
— Primo? Mas ele tinha falado que ia dar em cima de você e tentou me tirar da jogada... — contou Zhou Shuyi, cortando a própria fala por conta da vergonha.

— Te tirar da jogada? Ou te deixar com ciúmes? — perguntou Pei Shouyi com um tom baixo de voz ao mesmo tempo que colocava impulsivamente o rosto ao lado da orelha de Zhou Shuyi.

— ... — Zhou Shuyi desviou o olhar envergonhado, sem ousar olhar para Gao Shide, que havia adivinhado a resposta.

Vendo os dois meninos imersos em seu próprio mundo com apenas algumas palavras, Pei Shouyi fez uma expressão de impaciência enquanto arrumava a caixa de remédios que trouxera do depósito do restaurante.

— *Tsc*, já estou cansado de ficar sempre cuidando de vocês, seus pirralhos. Mas, se vocês não ficarem se pegando na minha frente, poderão pedir o que quiserem, vai ser por minha conta. E quando estiverem de barriga cheia, eu quero que vocês sumam da minha frente e parem de atrapalhar o meu trabalho — falou Pei Shouyi. Depois disso, ele levantou com o kit médico em suas mãos e andou em direção ao bar.

— Meu trabalho? Não me diga que aquele doutor demônio da universidade é o dono deste barzinho?

— Uhum — murmurou Gao Shide assentindo com a cabeça enquanto se colocava mais perto de Zhou Shuyi.

Antigamente, estar numa distância tão próxima era um sonho inalcançável. Porém, agora, Gao Shide podia entrar no espaço pessoal de Zhou Shuyi com naturalidade. Dizem que a distância entre os corpos representa a distância entre os corações, esperava que um dia ele fosse a única pessoa a entrar nessa porta do coração.

— Por que ele abriu um bar?

Gao Shide desviou o olhar do rosto de seu amado para pousá-lo na figura de Pei Shouyi, que estava sentado no bar conversando com o *bartender*.

— Meu primo vem de uma família de médicos, seu pai é médico e sua mãe é diretora de um hospital, então acabou recebendo uma educação de elite desde muito novo. Mas seus pais não ligavam para ele a não ser para as suas notas, era como se ele tivesse nascido apenas para herdar o negócio da família. Então, depois de obter sua licença médica, ele cortou relações com a família e foi trabalhar como médico do ensino médio, e aí, por conta de alguns problemas, se transferiu para a nossa universidade.

Quando era pequeno, Gao Shide tinha inveja da excelência de Pei Shouyi, mas depois passou a sentir pena dele. "Uma família tão fria e rígida com a educação, usava as notas até para decidir o valor de seu filho, cobrando o meu primo a cada passo que ele dava até que ele chegasse em um beco sem saída, até que o equilíbrio estivesse totalmente distorcido a ponto de se quebrar em pedaços", refletiu.

— *Shide, eu não sinto felicidade.*

Inicialmente, Gao Shide achou que o primo tinha apenas uma personalidade ruim, até Pei Shouyi ser diagnosticado com "transtorno de humor". Dessa forma, ele finalmente havia entendido o porquê de todas as vezes em que contava que estava feliz, deprimido, envergonhado ou com medo, o seu primo só olhava com seriedade e constantemente perguntava:

— *Por quê?*

— *Shide, por que você se sente feliz?*

— *Shide, por que você se sente deprimido?*

— *Por que você se sente envergonhado?*

— *Por que você está com medo?*

— *Por quê? Por quê? Por quê? Por quê?*

Porque no mundo de Pei Shouyi, ele era sempre isolado de todas as emoções, isolado do mundo exterior, o que o fazia não sentir absolutamente nada. Então, através do único primo mais novo que se aproximou dele, através do único que não se importava em assumir todos os problemas para responder às suas questões, pôde finalmente entender, depois de muito sofrimento, que os humanos deveriam ter emoções. Ele também sofreu tentando se tornar uma pessoa que não seria rejeitada pelas outras como um extraterrestre... tentou se tornar uma pessoa normal.

— Então foi assim... — falou Gao Shide enquanto Zhou Shuyi confirmou com a cabeça olhando para Pei Shouyi com mais compreensão ao mesmo tempo em que lamentaram. — No fim das contas, ele não é tão mau.

— Você e seu primo são pessoas preciosas para mim. — Shuyi deu um beijo rapidamente na bochecha de seu namorado e depois sorriu.

— Você... — Gao Shide cobriu a bochecha direita que fora beijada, ficando vermelho de vergonha enquanto olhava para a pessoa sentada ao seu lado.

— Tá com vergonha, é? O que você acha de me dar um beijo? Aí estaremos quites.

— Ficar quites com você, isso quer dizer que eu perdi, não é?

— O que você acha...?

A expressão de Gao Shide era séria enquanto ponderava durante dois segundos e então... *SMACK!* – ele conseguiu acertar o beijo dando logo em seguida um sorriso de satisfação.

— Eu te confundi pra pensar que eu tinha perdido, então apenas fique quietinho aí.

— **Gao Shide**! — As bochechas de Zhou Shuyi ficaram instantaneamente vermelhas, ele cerrou os dentes para diminuir o som da voz e gritou o nome do namorado de tanta vergonha.

Enquanto isso, na área do bar, Pei Shouyi colou o kit de primeiros socorros em cima da mesa e pediu uma bebida para o *bartender*.

— O de sempre — falou Pei Shouyi para o jovem que sorriu, dando uma olhada no novo casal que estava brincando enquanto zombavam do tiozão que estava na frente da bancada do bar.

— Olhando assim para duas pessoas que finalmente ficaram juntas, você não se sente um velho corajoso por estar sozinho? — perguntou o *bartender* para Pei Shouyi, mas ele não respondeu pegando apenas a taça que fora posta ali pelo jovem.

— Isso está ótimo. Eu também gostaria de me relacionar com alguém — disse o *bartender* com inveja, fazendo uma careta e servindo-se de uma dose de tequila.

* * *

No pátio da universidade...

— Quando foi que eles começaram a namorar? — perguntou Jiang Yuxin enquanto entortava a cabeça para o lado e olhava para Liu Bingwei e Shi Zheyu xavecando um ao outro no meio do pátio.

— É por isso que recentemente Liu Bingwei não tem corrido atrás da gente para nos causar problemas — falou Zhou Shuyi depois que deu de ombros para a pergunta feita por Jiang Yuxin.

Embora Liu Bingwei fosse um estudante do quarto ano do curso de Direito, vivia frequentando a sala de aula deles e muita das vezes era confundido com um calouro do curso de Finanças, mesmo já sendo veterano. Então, Fang Zhengwen continuou a falar de seu melhor amigo, ridicularizando-o.

— Claro, afinal ele só vinha atrás de você.

— De mim?

— Não me diga que você não tinha percebido?! Ele era... — Ele só havia falado parte da frase antes de perceber que atrás de Zhou Shuyi estava Gao Shide levantando o dedo indicador sobre a sua boca e fazendo o sinal de não com a cabeça para que ele parasse de falar. Assim, ele mudou a resposta que iria dar dizendo:
— É porque você é Presidente do Clube de Natação, por isso Liu Bingwei vinha com frequência te procurar, para você participar das atividades do Clube ou algo assim. Aquilo... Yuxin, eu tô com fome, vamos rapidinho no refeitório pegar comida — falou Fang Zhengwen e imediatamente depois colocou a mão no ombro da namorada, indo juntos no refeitório dos estudantes.

— Que porra foi essa? Você entendeu alguma coisa do que ele tava falando? — perguntou Zhou Shuyi confuso com o que seus amigos haviam dito. Ele virou para Gao Shide, que estava logo atrás dele, mas o namorado balançou a cabeça em negação dando um sorriso como se fosse um animal inofensivo.

***

Dentro do refeitório...

— Gao Shide, dessa forma você vai mimar ele — falou a garota que estava apoiando o queixo na própria mão, olhando para a pessoa que desde que sentaram ali ficou ocupado alimentando o namorado. Então, não pôde evitar tentar dar um fim a isso. — Você não acha?

— Descascar o camarão, pegar os vegetais e pedir uma bebida. Caso você queira fazer o trabalho de alimentar ele, pode esquecer — disse Gao Shide fazendo Jiang Yuxin revirar os olhos e apontar para ele com um olhar suspeito.

— Por que eu não sou mimada assim também? — perguntou Jiang Yuxin virando a cabeça para olhar o namorado desinteressado na conversa.

— Você é, você é! Venha aqui, abra a boca e faça "Ah"! — disse Fang Zhengwen. Ele então descascou imediatamente o camarão e preparou-o para colocar na boca da namorada, mas ficou balançando o alimento na frente de Jiang Yuxin e em seguida o colocou em sua própria boca.

— Fang Zhengwen!

A garota com muita raiva deu um tapa no braço do namorado e Fang Zhengwen não resistiu e começou a rir, pois ela parecia uma criança mimada que não recebeu o presente que queria.

Assim, depois de uma rodada de conversas, Jiang Yuxin colocou para baixo os palitinhos e segurou a mão de Gao Shide enquanto se olhavam de forma profunda.

— Nós entregamos a você o nosso Shuyi.

— O temperamento do Shuyi vive variando, se vocês entrarem numa discussão ou quando ele estiver todo emocional, não leve isso para o lado pessoal. Embora esse cara só fale merda, ele sempre vai valorizar as pessoas que são importantes — completou Fang Zhengwen com algo que Jiang Yuxin ainda não havia contado enquanto deixava de lado sua expressão de palhaço.

— Relaxa, eu esperei por onze anos para conseguir ser qualificado o suficiente para cuidar dele, eu garanto a vocês que serei um bom namorado. — Ao olhar para os olhos de Gao Shide enquanto sorria, Zhou Shuyi virou-se para encarar os outros dois membros do triângulo de ferro, o grupo que havia crescido junto.

— Espera aí! Qual foi a de vocês com essa atitude? Eu sou tão difícil assim de se lidar? — perguntou Zhou Shuyi para eles e Jiang Yuxin apenas apontou o dedo para a pessoa que estava sentada na frente dela.

— Arrogante e preguiçoso Zhou, você não percebeu? Eu me apaixonei pelo Fang Zhengwen por sua causa — falou Jiang Yuxin com um tom exagerado.

— Por quê?

— Se não fosse por você ser tão difícil de lidar, amar, estar sempre fazendo pirraça, forçando nós dois a limparmos as suas cagadas e pensarmos juntos em como te fazer feliz. Assim, a gente sempre estava discutindo os seus problemas juntos e então... então...

— Então nos apaixonamos um pelo outro — completou Fang Zhengwen o que a garota não conseguia dizer de vergonha ao mesmo tempo que olhava para ela sentada à sua esquerda.

— Caralho! Por que vocês ainda não me deram um envelope vermelho[15] cheio de dinheiro como uma recompensa por ter sido o cupido de vocês dois? Sem mim, vocês não seriam um casal agora — disse Zhou Shuyi teimoso, estendendo a palma de sua mão como se fosse receber alguma coisa.

— Que ideia incrível! Se quiser, vai ter que dar para a gente também — falou Jiang Yuxin pegando os palitinhos e batendo com eles na palma da mão de Zhou Shuyi, e asperamente continuou: — Você nem imagina a quantidade de merda que tivemos que limpar pra você durante todos esses anos.

— Ok, ok, ok, eu vou esperar o bebê de vocês chegar na primeira lua cheia dele, aí eu, como padrinho, vou dar um envelope vermelho para o meu afilhado ou afilhada — disse Zhou Shuyi puxando de volta a mão que fora batida pelos palitinhos e imediatamente,

---

15. Os envelopes vermelhos com dinheiro são normalmente entregues pelos avós aos seus netos em datas especiais, como o Ano-Novo Chinês. Também são presentes de casamento e aniversários. Quando um bebê completa sua primeira lua cheia, ele recebe um desses envelopes com dizeres abençoando a criança.

depois das suas últimas palavras, ele moveu a cadeira com o seu traseiro para trás, levantando-se e indo embora logo em seguida.

— **Zhou Shuyi**!

Depois de alguns segundos desnorteada, Jiang Yuxin finalmente percebeu que foi passada a perna, então deu um tapa na mesa e levantou-se para persegui-lo. Com isso, ao mesmo tempo que eles corriam, Zhou Shuyi virava a cabeça para fazer careta para Jiang Yuxin.

***

Na residência dos Zhou...

— Amanhã é sábado, então quer ir à biblioteca para nos prepararmos juntos para a prova final?

— Eu vou estudar na casa do Gao Shide amanhã — disse Zhou Shuyi enquanto estava sentado na frente da janela em uma chamada de vídeo com Fang Zhengwen.

Do lado de fora da janela, de arquitetura francesa que ia do chão ao teto, existia uma vista de tirar o fôlego depois que a noite caía. O bom isolamento do som do vidro fazia com que o barulho externo das buzinas no trânsito, não penetrassem o cômodo. Antes que Fang pudesse responder, um rosto bonito apareceu repentinamente na tela do telefone com uma voz cheia de dúvida:

— Tem certeza que é pra estudar? — provocou a garota pausadamente, dando umas risadinhas através do alto-falante, Zhou Shuyi logo revirou os olhos, mostrando insatisfação.

— Jiang Yuxin, você é terrível! Que risada é essa?

— Não se esqueça de preparar o jockstrap, caso role alguma coisa.

— Shuyi, ignore. Vai lá se preparar para a prova final e não perca pro Gao Shide — encorajou Fang Zhengwen tirando Jiang

Yuxin como principal na tela do celular e fez "ok" com as mãos para que Zhou Shuyi desse o seu melhor na prova final.

— É isso aí, namorar é uma coisa, a competição é outra. Desta vez eu definitivamente vou ganhar dele. Então vamos fazer isso primeiro, **TCHAU**! — falou Zhou Shuyi sorrindo e logo em seguida apertando o botão de desligar a chamada. Mas enquanto encarava a tela preta do celular confuso, murmurou: — "Jockstrap"? Que porra é essa?

Com isso, ele foi até a mesa, onde colocou o celular, e em seu computador escreveu "jockstrap" no campo de pesquisa. Mais de dez milhões de resultados apareceram na tela com diferentes tipos e cores, até mesmo uns tão pequenos que seria impossível cobrirem menos do que aquilo. Ele ficou desnorteado com os muitos formatos diferentes que destacavam "certa parte" masculina.

***

Na residência da família Gao...

O sol da tarde passava através da cortina da janela até chegar no quarto quieto. O único som possível de ser escutado era o roçar das folhas, as duas pessoas sentadas no chão estavam com suas pernas cruzadas perto do limiar da janela, eles olhavam seus respectivos cadernos de anotações para estudarem cada um o conteúdo de sua prova. Enquanto isso, um deles girava a caneta marca-texto com a ponta dos dedos e ocasionalmente olhava de canto de olho para a outra pessoa que estava lendo o livro, concentrada. Pela segunda vez, olhando de perto o rosto dessa pessoa, entendeu por que no Dia dos Namorados ela sempre recebia mais chocolates do que ele.

— Você está distraído — falou o rapaz que havia abaixado a cabeça para fazer anotações, quebrando o silêncio.

— Como você pode ser tão calmo? — perguntou Zhou Shuyi cruzando seus braços, indignado.

"Merda! Não me diga que o coração dele está tão acelerado que não consegue se concentrar de jeito nenhum?", pensou Gao Shide, percebendo que a situação não estava ocorrendo como ele planejava.

— O que isso significa?

— Vem comigo.

Zhou Shuyi levantou-se com o caderno de notas da aula e tirou o livro das mãos de Gao Shide. Ele puxou a pessoa confusa do chão até o sofá na sala de estar e só então devolveu o objeto para ele.

— Sente-se e não se mexa.

— Ok.

Mesmo que não tivesse entendido o que o outro queria fazer, ele não odiaria o fato de estar sendo ordenado por Zhou Shuyi. Então, sorriu e sentou-se no sofá de couro, observando seu namorado jogar a almofada em sua direção antes de se deitar no sofá, colocando as pernas esticadas e confortavelmente apoiando-as em seu colo.

— Shuyi?

— Só posso me concentrar deitado assim — disse Zhou Shuyi abrindo em uma página qualquer do seu caderno de anotações.

— Está de cabeça para baixo — disse batendo com o dedo no caderno de notas do namorado, alertando-o com um sorriso. A pessoa que estava apoiada nele fez uma expressão de descontentamento.

— Você não fica nervoso quando está com a pessoa que gosta? — perguntou Zhou Shuyi para Gao Shide, que logo em seguida colocou o caderno dele de lado com suas sobrancelhas franzidas e segurou as mãos do namorado, deixando-o sentir as palmas suadas e frias.

— Estou muito nervoso.

— Você também tá nervoso! — Zhou Shuyi sorriu levemente ao sentir os dedos frios, compreendendo a situação.

— Esta é a primeira vez que você vem à minha casa e a gente nunca tinha ficado... tão perto... — Diferentemente da pessoa cheia de confiança no palco de premiação, o atual Gao Shide estava claramente em pânico, até sua voz tremia.

— Eu antigamente... era maldoso com você, não era? — questionou Zhou Shuyi com uma voz pesada de culpa, mas a resposta que recebeu foi inesperada.

— Não faz diferença, eu também fui maldoso com você. Mas agora estamos quites.

— Foi? Você foi maldoso? Como não tenho essa impressão?

— Eu fui e tenho sido maldoso, porque... — disse Gao Shide levantando o canto de sua boca num sorriso malicioso. — ...desde quando nos conhecemos, você tem sido sempre... o **se-gun-do**.

— Merda! Mas nesta prova final eu definitivamente vou ganhar. — Sendo tocado em um ponto dolorido, Zhou Shuyi imediatamente se levantou do sofá e virou-se para socar o outro no peito, fazendo uma ameaça.

— Desculpa, mas é melhor você desistir desse desejo. — Então Gao Shide pegou a mão do namorado, se inclinou para frente e beijou os dedos dele, completando com um tom mais sério:
— Porque eu tenho uma razão para não perder.

— Qual razão?

— Se eu sempre vencer de você, eu sempre existirei em seus olhos.

— *Você que é o Gao Shide?*
— *Sim.*
— *Maldito, vou me lembrar de você!*

Quando estava no quinto ano do ensino fundamental, ele entendeu uma coisa ao ficar na frente da lista de classificação de notas. Só estando no topo da lista é que seria visto por "Zhou Shuyi", o número 2. Portanto, ele precisava vencer.

Ao ouvir a "razão" de Gao Shide, Zhou Shuyi não pôde deixar de mostrar um sorriso orgulhoso. Ser amado por alguém tão excelente valia uma medalha para toda a vida. "Não existia um ditado para isso? 'A pessoa que se apaixona primeiro perde'. Então, Gao Shide, no amor, eu te venci", pensou Zhou Shuyi.

— Você tem gostado tanto de mim por todo esse tempo!
— Eu gosto... gosto tanto que não sei nem como expressar. — Ele segurou os dedos de Zhou Shuyi, que haviam relaxado, e com as bochechas coradas, repetiu a declaração, ensaiada inúmeras vezes em seu coração. — Shuyi, você falou que odeia que passem por cima de você. — A voz profunda e sexy sussurrou em seu ouvido, enquanto lábios quentes e úmidos tocavam a orelha de Zhou Shuyi.

— Eu... eu... falei? — Sua temperatura corporal subiu rapidamente, tornando suas bochechas vermelhas, mas ele não queria afastar a pessoa que se aproximava cada vez mais.

— Então, você me daria a liberdade de ficar... por **ci-ma**?

Gao Shide agarrou o namorado e colocou seus corpos um contra o outro, que aos poucos foram colapsando no sofá macio, mas um pouco antes do beijo acontecer a tranca de ferro se abriu seguido de uma voz chamando por uma pessoa.

— Filho! Mamãe chegou!
— ...

Os dois garotos imediatamente desgrudaram seus corpos que estavam quase chegando no clímax, deram um pulo para fora do sofá e ajeitaram as roupas amassadas. Gao Shide conseguiu pegar o caderno que estava caído no chão, abriu na parte onde estava o marca-páginas para que pudesse fingir que estava lendo as anotações.

— Mãe! Você... você chegou! — exclamou Gao Shide quando olhou para a mulher que estava em pé na porta mesmo já sabendo a resposta, mas a vermelhidão de suas bochechas e de suas orelhas ainda continuava.

— Oi, ti-... tia. Eu sou o Zhou Shuyi, sou ami-... amigo do Gao Shide — falou Zhou Shuyi em pânico, assim como Gao Shide estava, e se inclinou enquanto se apresentava para a mulher, que estava conhecendo pela primeira vez.

A mulher vestida com um conjunto elegante já havia visto o que estava acontecendo assim que abriu a porta, então ela não conseguiu segurar o sorriso quando o rapaz se apresentou:

— Olá, eu sou a mãe do Shide. Raramente temos convidados em nossa casa, então fique para o jantar, "amigo" do meu filho.

— Obri-... Obrigado, tia.

— Olha, o sofá da tia tem molas muito boas! — disse a mãe de Gao Shide depois que deu dois passos e de repente virou-se para o garoto que acabara de conhecer, deu uma piscadela contando a informação sarcasticamente. Quando terminou, girou a chave que estava em seu dedo e entrou com muita felicidade na cozinha para preparar o jantar.

— ... — O garoto já estava com as bochechas vermelhas, mas, por conta do que foi dito pela mãe de Gao Shide, elas ficaram mais vermelhas ainda.

***

— Shuyi, venha provar a comida da tia — falou a mãe de Gao Shide que, segurando os palitinhos, pegou um pedaço de costela de porco agridoce e colocou na tigela de Zhou Shuyi enquanto ele olhava para a porco fumegante, hipnotizado. A mesa de jantar continha cinco pratos diferentes para acompanhar uma sopa, todos feitos em casa.

— O que foi? Você não gosta de costela de porco agridoce?

— Não é isso, eu gosto bastante, mas ver a senhora me faz lembrar da minha mãe, porque ela sempre me ajudava a pegar os vegetais quando eu era mais novo... — contou Zhou Shuyi.

A mãe de Gao Shide logo virou para o filho que respondeu articulando as palavras sem o som "a mãe dele já faleceu", então pegou mais do que tinha preparado e colocou novamente na tigela do garoto.

— Então não precisa ficar acuado com a tia, coma à vontade!

— Obrigado, tia — respondeu Zhou Shuyi com um grande sorriso e, em seguida, colocou uma grande porção de arroz na boca e completou: — A sua comida é muito gostosa.

— Coma mais, você está tão magrinho. Assim não dará chance para o Shide te zoar.

— Mãe, é a primeira vez dele aqui em casa e você já fica toda parcial, quem é seu filho de verdade? — perguntou Gao Shide logo em seguida, colocou os palitinhos de sua mão na mesa fingindo que estava protestando enciumado.

— Não é culpa minha, quem mandou o Yizinho ser tão fofo? — A mãe de Gao Shide deu de ombros, pois ela podia brincar o quanto quisesse com o filho, e com um sorriso perguntou: — Eu posso te chamar dessa forma?

— Claro que pode.

Até momentos atrás, Zhou Shuyi estava preocupado que a mãe de Gao Shide não fosse gostar dele, mas não imaginava que a tia fosse ser tão engraçada e fácil de se lidar. Ele não se sentia nem um pouco nervoso ao ficar cara a cara com aquela mulher mais velha, o que tornava as coisas muito mais fáceis.

— Yizinho? — Gao Shide arregalou os olhos, repetindo as palavras da mãe. — Você vai deixá-la te chamar de "Yizinho"?!

Sua reação anterior era falsa, mas agora ele estava realmente chateado. Zhou Shuyi odiava ser chamado por apelidos, até mesmo seu namorado só podia chamá-lo pelo nome "Shuyi". No entanto, desde que a mãe de Gao Shide entrou, em menos de meia hora, ela já tinha o privilégio de chamá-lo por um apelido.

— Calado, apenas a tia pode me chamar assim, você não tem permissão. — Zhou Shuyi trocou olhares com a mãe de Gao Shide, levantando as sobrancelhas com orgulho.

— Você escutou, né? Eu posso e você não — falou a mãe de Gao Shide levantando as sobrancelhas e sentiu-se orgulhosa de si mesma.

— Comam vocês dois, eu já estou cheio — disse a pessoa enciumada com raiva botando a mão na barriga depois que havia deixado a tigela e os palitinhos na mesa.

— O que foi? — perguntaram as duas pessoas que estavam sentadas na mesa em uníssono.

A mãe de Gao aproveitou a oportunidade para irritar seu próprio filho, aproximando-se de Zhou Shuyi de propósito, apertando o rosto do menino com carinho.

— *Tsc*, chato! Vamos comer sozinhos e ignorar ele, a tia gosta muito do Yizinho, Yizinho é super *kawaii*[16]!

— Eu também gosto da tia.

---

16. 可愛い: Significa "fofo" em japonês.

— ... — Shide ficou em silêncio e com ódio estampado no rosto enquanto olhava para a mãe e o namorado se juntarem para zombar dele.

— Ok, ok, não fique irritado porque você ainda não terminou de comer. Venha, vou te dar comida, para que você não fale que sua mãe é parcial.

Então, a mãe de Gao Shide reprimiu uma risada enquanto colocava um pedaço de costela de porco agridoce na tigela do filho e derramava um pouco de vinagre nas raízes de lótus colocando na tigela de arroz do convidado. Ela ter visto uma criança que desde pequeno não tinha a mãe era muito doloroso.

— Yizinho, coma mais. Depois que comermos, ainda vai ter frutas. Ah, sim, eu comprei um bolo ontem, então depois do jantar vamos comer juntos!

— Ótimo! Obrigado, tia.

***

Depois de comerem, Zhou Shuyi se ofereceu para lavar a louça, mas o que ele queria dizer com "lavar a louça" era colocar as tigelas cheias de gordura na pia cheia de espuma, lavar por dois segundos na água e, colocar elas no escorredor ao lado.

— Isso é... lavar a louça?

A pessoa que estava limpando a mesa viu essa situação, foi rapidamente para a cozinha e pegou a louça que não havia sido lavada, colocando-a de volta na pia. Então, a pessoa que estava lavando ficou abalada e perguntou:

— Sim! Não é?

A expressão inocente do criminoso fez com que Gao Shide ficasse incomodado, pois, como ele era o filho nobre do Grupo

Chengyi, obviamente nunca precisou fazer tarefas de casa. Ele disse que ajudaria apenas para ser educado, mas, na verdade, não fazia ideia de como fazer aquilo.

— Venha, eu vou te ensinar.

Ele deu um sorriso carinhoso, pegou a esponja e as louças do jantar que estavam esperando para serem lavadas e, passo a passo, foi mostrando para o namorado a forma correta de se lavar. Os dedos se tocavam levemente debaixo da espuma fazendo o rosto das duas pessoas revelarem um sorriso que não podia ser escondido do início até o fim da lavagem.

Enquanto isso, a mãe de Gao Shide, que estava cortando frutas na sala, ficou extremamente feliz e satisfeita ao olhar aquela cena linda.

— Tia, terminamos de lavar a louça.

— Mãe, a mesa de jantar já está limpa.

Os dois foram para a sala reportar que já haviam terminado as tarefas para a mãe de Gao Shide que estava sentada no sofá. A matriarca da casa deu leves tapas do lado direito do sofá de dois lugares, num gesto chamando Zhou Shuyi para que sentasse ao lado dela, depois usou o garfo para pegar um pedaço de fruta e entregando para ele logo em seguida.

— Yizinho, você deve estar exausto, então coma um pouco de fruta.

— Obrigado, tia.

— E eu?

— Eu não vou sair daqui para pegar uma cadeira — falou a mãe de Gao Shide apontando para a sala.

— ...

Assim, o rapaz que fora ignorado pela sua mãe novamente, apenas aceitou a sua insignificância e sentou-se no chão da sala e, com a ajuda de um garfo, serviu a si mesmo um pedaço de pera e colocou-a na boca. A mãe de Gao Shide olhou para o garoto sentado ao seu lado e com um sorriso falou:

— Yizinho, mesmo que eu esteja muito agradecida, você não precisa tentar me agradar.

— Eu realmente queria ajudar, mas... Mas como eu nunca fiz tarefas de casa, parece que estou sempre causando problemas.

— Eu sou muito agradecida que a pessoa que o Shide gosta seja você, um jovem tão gentil e atencioso.

— ...

Zhou Shuyi olhou para a pessoa que estava sentada no chão, pois ele pensou que havia falado demais e acabou revelando o verdadeiro relacionamento entre os dois. No entanto, ele enxergou Gao Shide balançando a cabeça inocentemente para que ele entendesse que nunca havia vazado nenhuma palavra sobre isso, uma vez que Gao Shide também estava surpreso ao descobrir que a mãe sabia quem era a pessoa que ele gostava.

— Você achou que eu não sabia? Eu sou sua mãe! — disse, dando um olhar de lado e então voltou a fitar Zhou Shuyi com um sorriso e continuou: — Esta criança aqui, desde o quinto ano, quando conheceu você, ficou me pedindo para que eu o ajudasse a mudar de escola. Naquela época, eu não entendia o porquê de ele estar me requisitando algo desse tipo até um tempo depois, quando percebi que ele queria ir para uma escola e universidade tão específicas para ficar próximo de alguém. Foi tudo por sua causa. Não só isso, Yizinho, você não falou para essa criança que queria virar o pai dele?

— Sim — respondeu Zhou Shuyi enquanto tentava segurar a risada, relembrando a conversa que eles tiveram na primeira vez que eles se encontraram.

— Então, veja bem, o Yizinho foi apenas muito gentil em oferecer ser seu pai, mas como resultado meu filho o perseguiu para ser a sua esposa, perseguiu por mais de dez anos.

— Mãe! — gritou Gao Shide com medo de que ela continuasse a fazer mais alegações.

— Está bem, está bem. Eu não vou mais falar, para evitar que alguém fique com raiva de mim.

— Então... você não se importa que eu e o Shide... fiquemos juntos?

— Claro que eu me importo — respondeu a mãe de Gao Shide seriamente o que fez as outras duas pessoas na sala ficarem paralisadas, porém a mãe mudou seu tom depois daquela sentença e continuou: — Eu me importo que vocês sejam realmente felizes, eu me importo que vocês cuidem muito bem um do outro e ainda me importo mais que vocês tenham determinação suficiente para proteger fortemente esse sentimento. Pois amar alguém é algo muito lindo, mas o mundo apenas coloca rótulos depreciativos na sua beleza, como pessoas mesquinhas que não podem ver a felicidade dos outros. Então, contanto que vocês realmente se amem, não liguem para o que as outras pessoas pensam. Yizinho, eu sou a mãe do Shide e a sua também, por isso não importa o que te machuque no mundo lá fora, você não precisa esconder de mim. O trabalho da mãe é defender os seus filhos até o fim.

— Tia... — disse Zhou Shuyi desabando em lágrimas enquanto olhava para aquela mãe gentil e, ao mesmo tempo, poderosa.

— Ainda está me chamando de tia? Se você não mudar isso, eu não vou cozinhar coisas gostosas para você na próxima vez.

— Mãe... mamãe... — sussurrou Zhou Shuyi com o rosto vermelho a palavra que soou estranho para ele por muitos anos.

— O Yizinho é muito obediente — disse a mãe de Gao Shide e logo em seguida abriu os braços e abraçou aquela criança sofrida enquanto o filho, que estava sentado no chão assistindo aquelas pessoas, virou a cabeça para que pudesse secretamente limpar suas lágrimas.

Depois do fim daquela conversa, Gao Shide segurava um guarda-chuva para que pudesse levar seu namorado para o parque próximo à sua casa onde um carro preto estava estacionado na rodovia esperando pelo herdeiro da família Zhou. Então, quando Shuyi estava na calçada, virou-se na direção da pessoa que segurava o guarda-chuva e falou:

— Você tem uma mãe incrível.

— Ela também é sua mãe — falou Gao Shide andando para o carro e, enquanto segurava o guarda-chuva em uma mão, abriu a porta do carro com a outra, relembrando-o: — Me avise assim que chegar em casa. Não me deixe preocupado.

— Ok — respondeu Zhou Shuyi afirmando com a cabeça e finalmente se abaixou para sentar-se no banco de trás do carro. Mesmo que a chuva e a temperatura estivessem frias, aquelas palavras de preocupação aqueciam o coração, que agora estava quente. — Eu acabei esquecendo de comentar com você. Quando você vai ter um tempo livre em julho? Meu pai comprou uma casa de férias em Pingdong e acho que poderíamos ir para nos divertirmos por alguns dias.

A porta do carro já estava fechada, mas de repente o vidro se abaixou e Gao Shide, que estava em pé na calçada, foi convidado para viajar. No entanto, a pessoa que fora convidada ficou paralisada no mesmo instante, pois ele estava tão feliz que acabou esquecendo de contar para Zhou Shuyi sobre o plano de ir com a sua mãe para os Estados Unidos depois de se formar.

— Shu-...

— Está muito frio. Volte rápido para casa que amanhã nos encontramos na faculdade. *Jaa ne¹⁷*!

Assim que começou a falar foi logo interrompido pelo seu namorado e, assim que este terminou de falar, o carro que já estava com o motor ligado saiu rapidamente pela rodovia – uma Mercedes-Benz debaixo de uma chuva noturna fina.

***

Dentro do campus...

O sinal de fim da aula tocou e Zhou Shuyi imediatamente pegou a mochila e saiu voando da sala, correu até o departamento de Ciência da Computação para bloquear a saída de certa pessoa. Mas não esperava que não a encontraria naquele departamento, nem mesmo na enfermaria, então mandou uma mensagem perguntando para Gao Shide onde ele estava. Também decidiu dar algumas voltas no campus para ver se conseguia encontrá-lo.

— Eu não sabia que, depois de começarmos a namorar, ele iria ser uma pessoa completamente diferente, é realmente muito fofo.

Ao lado de uma mesa e cadeira de madeira sob a sombra de uma árvore, Gao Shide ficava com um sorriso maior à medida que falava coisas fofas enquanto um doutor da universidade que estava vestindo um jaleco branco o encarava.

— Acabou? Se continuar a falar eu vou embora — falou Pei Shouyi rudemente logo em seguida, soltando um anel de fumaça e extinguindo a bituca de cigarro, mas, embora estivesse tentando se mostrar durão com essa ação, começou a tossir várias vezes e rapidamente mudou de assunto.

---

17. じゃあね: Significa "Até logo" em japonês.

— Eu realmente fiquei bem surpreso quando ele me chamou para viajar, então não pude falar sobre ir para os Estados Unidos depois da formatura, levando em consideração as suas expectativas futuras.

— Você tem que ir para os Estados Unidos?

Zhou Shuyi conseguiu enxergar Pei Shouyi e Gao Shide de uma distância considerável tendo a intenção de chegar aos poucos para que pudesse dar um susto neles, mas por acaso escutou informações tão inesperadas, que nem quis procurar explicações. Assim os dois escutaram uma voz que parou à força o diálogo entre eles:

— Por que você não me contou sobre ir para os Estados Unidos? Mesmo que você queira ter um relacionamento de longa distância, você deveria me perguntar se eu quero ou não, certo? Gao Shide, afinal você realmente me respeita?

— Shuyi, me escuta. — Gao Shide levantou-se e segurou o braço de Zhou Shuyi para que pudesse confortar o namorado.

Enquanto isso, Pei Shouyi que estava sentado ao lado limpou as cinzas que haviam caído em cima da mesa e levantou-se também. Em seguida, foi até Gao Shide e deu alguns tapas no seu ombro antes de sair de baixo da árvore para que os dois tivessem espaço, pois havia muito o que conversarem.

— Lembre-se de trazer cigarros para mim quando voltar dos Estados Unidos. Você já sabe a marca.

— Por que vai para lá?

— Minha mãe vai se casar novamente com um norte-americano e depois do casamento eles vão continuar morando nos Estados Unidos. Então, além de ir para o evento, eu também quero passar um tempo lá, para conhecer melhor meu padrasto e minha meia-irmã, pois eles serão parte da minha família em breve.

— Entendo.

Com os ombros colados, eles andavam um ao lado do outro pelo campus. No começo, Zhou Shuyi achava que Gao Shide tinha algo que queria esconder dele, mas não imaginava que fosse escutar boas notícias da tia, ou melhor, da mãe de Gao Shide.

— Ainda tem algo que queira saber? — perguntou Shide com um sorriso, assim que diminuiu a distância entre eles, pôde enxergar o rosto de Zhou Shuyi vermelho de vergonha por ter entendido errado a situação.

— Por quanto tempo você vai ficar por lá?

— Por volta de um mês. Você não vai ficar deprimido por ficar separado de mim por alguns meses, certo?

— Sai daqui! — exclamou Zhou Shuyi empurrando o outro garoto para longe.

Gao Shide, porém, segurou as duas mãos para que pudesse pará-lo, depois chegou perto de sua orelha e falou:

— Venha para a minha casa hoje à noite.

— Não quero — respondeu Zhou Shuyi rapidamente com o rosto vermelho pensando que ele estava falando sobre sexo.

— Não tem nada a ver com isso, é apenas a minha mãe querendo deixar o laço entre vocês dois mais forte antes de ela sair do país.

— Caralho! Por que você não foi mais claro antes? — disse Zhou Shuyi furiosamente empurrando o peitoral de Gao Shide.

— E qual é a resposta?

— Topo.

Gao Shide olhou ao seu redor para que tivesse certeza de que não seria notado pelos outros. Assim, colocou rapidamente o rosto na frente do namorado e deu um beijo rápido em seus lábios.

— Vou para a aula. Não se esqueça que iremos nos encontrar depois do lado do portão da faculdade — disse a pessoa que estava ajeitando a mochila depois de ter conseguido fazer seu ataque-surpresa e imediatamente em seguida correu para a aula.

— Gao Shide! Você é uma porra de um idiota! — gritou a pessoa que recebeu o ataque-surpresa na direção da que acabara de sair. Logo após ter ficado desnorteado por alguns segundos, tocou os próprios lábios enquanto suas orelhas ficaram vermelhas.

* * *

Na galeria de artes...

— Ah, entendi. Então, por favor, faça o relatório daquele jeito. Obrigado.

Um homem de meia-idade vestindo um terno estava sentado na frente de uma pintura durante uma conversa com uma outra pessoa no telefone e antes que terminasse a ligação, virou para o seu motorista que estava em pé ao seu lado e perguntou:

— Já foi feita a reserva do restaurante? Eu vou jantar com o Shuyi mais tarde, então não se esqueça de informá-lo.

— Chefe, o jovem Shuyi disse que vai estar na casa de um colega de classe hoje à noite.

— É mesmo? Eu não sabia.

— O jovem parece estar em um relacionamento recente, mas... — disse o motorista; contudo, quando olhou para o rosto do seu chefe, acabou hesitando.

— Mas o quê?

— Mas a outra pessoa é...

Depois de um momento de hesitação, o motorista ainda precisava cumprir ordens e sussurrou para o seu chefe a situação recente do herdeiro. O homem estava olhando com uma expressão de choque para o motorista que o respondeu com um sinal de afirmação com a cabeça, para demonstrar certeza sobre a resposta que acabara de dar.

— ... — Sem falar nada, o homem virou a cabeça para olhar a pintura na parede enquanto estava perdido em seus pensamentos...

* * *

Durante aquela noite, Zhou Shuyi e Gao Shide estavam sentados um ao lado do outro nas escadas do parque enquanto tomavam cerveja e observavam a noite.

— A tia cozinha muito bem — falou Zhu Shuyi colocando a mão no estômago e deu um arroto, passou a mão na barriga sentindo-se cheio depois de uma refeição estonteante, mas ele imediatamente foi corrigido pela pessoa que estava sentada ao seu lado.

— Se você não começar a chamá-la de "mãe", eu vou contar para ela. Quero ver quando você me visitar nos Estados Unidos se ela vai cozinhar algo gostoso para você.

— Ei! Você foi longe demais!

— Então como vai ser?

— Beleza, beleza — respondeu Zhou Shuyi fazendo uma expressão de raiva com a boca e repetiu o que ele havia falado. — A mãe cozinha muito bem.

— É isso aí.

— *Uaaah* — bocejou Zhou Shuyi olhando para o maldito que o intimidou. Então, virou o rosto para cima, entornou a cerveja em sua boca, abriu os braços e olhou o céu acima. — É muito confortável aqui.

— Me dê sua mão.

— Para fazer o quê? — perguntou Zhou Shuyi inclinando a cabeça e olhando para o companheiro, que estava procurando algo dentro da mochila ao seu lado.

— Quando eu estava no shopping com a minha mãe, vi isto e achei que combinaria com você.

Gao Shide pegou o braço de Zhou Shuyi, enrolou uma pulseira de couro em volta de seu pulso direito e prendeu o fecho magnético; depois retirou outro bracelete do mesmo estilo e colocou em volta do próprio braço direito.

— Você não poderá mais tirar do pulso.

— Não posso nem tirar para tomar banho? — brincou Zhou Shuyi dando uma piscadela.

— Está bem, com exceção do banho, mas terá que colocar novamente e não poderá usar outras coisas que foram dadas por outras pessoas.

— *Doushite*[18]?

— É muito tarde para eu poder participar do seu passado...

Ele tateou a parte onde o cordão que o namorado usava costumava ficar, o cordão que Jiang Yuxin deu para ele. Zhou Shuyi então com sua mão direita segurou a mesma mão do outro, as mãos que tinham agora o mesmo bracelete, e como ele era mais familiarizado com a língua japonesa, acabou usando-a para se declarar:

— Mas *mirai wa boku dake da*[19] — falou Zhou Shuyi fazendo Gao Shide o puxar em sua direção e beijar seus lábios gelados por conta da leve brisa naquele local.

Antigamente, Shide conseguia apenas olhar para a pessoa que fazia seu coração disparar de longe e em silêncio, mas agora aquela pessoa estava na sua frente, podendo senti-lo respirar,

---

18. どうして: Significa "Por quê?" em japonês.
19. 未来は僕だけだ: Significa literalmente "O futuro sou só eu", podendo ser interpretado como "Sou o único permitido no seu futuro".

podendo sentir seus batimentos cardíacos, sentindo o mesmo tipo de batimento recíproco.

***

Alguns dias depois...

Gao Shide abriu o porta-malas e colocou as bagagens dentro, uma por uma. Na frente da porta, sua mãe abraçava Zhou Shuyi que agora enxergava como seu próprio filho, relutantes em dizer adeus a ele.

— Eu realmente queria te levar junto — falou a mãe de Gao Shide, a qual foi abraçada por Zhou Shuyi. Era o dia em que embarcaria no avião para os Estados Unidos, e ele não queria deixá-la ir.

— Mãe, me fale se você precisar de qualquer coisa que eu envio.

— Como sempre tão doce o meu Yizinho — disse a mulher enquanto seu braço estava ao redor da parte de trás do pescoço do garoto e encarou Gao Shide que em seguida andou até ao lado deles.

— Filho estúpido, aprenda um pouco.

— Ele é assim com você, mas com outros... Ah! — disse Gao Shide sendo interrompido por um tapa no seu peito e alertado com os olhos.

— Ok, precisamos ir andando, eu vou devolvê-lo o mais rápido possível para que vocês dois possam ficar juntos pelo resto de suas vidas.

— Mãe... — falou Zhou Shuyi desacreditando, imediatamente chorou e sorriu ao mesmo tempo quando escutou o que a mãe de Gao Shide havia falado.

Desde que havia falado sobre o passado com a mãe de Gao Shide, ele soltava algumas vezes a palavra "mãe" quando se referia a ela. Logo, essa palavra sendo dita por Zhou Shuyi era a forma preferida da mulher de provocar o filho. Então, Gao Shide olhou para a mãe que já estava sentada no banco do carro, e para Zhou Shuyi que estava em pé ao seu lado e protestou:

— Eu realmente não entendo o porquê de ela gostar tanto de você, tratando melhor do que eu que sou seu próprio filho.

— É impossível não gostar de mim — disse Zhou Shuyi fazendo Gao Shide ter uma expressão de nojo em seu rosto, desacreditando no que havia acabado de escutar, pois Zhou Shuyi fez a pessoa que o amava ficar bravo.

— Com exceção da minha mãe, só quem pode te amar sou eu.

— Você! — exclamou Zhou Shuyi com seu rosto ficando instantaneamente vermelho. Ele ouviu uma voz em sua cabeça gritando **"Foi falta, foi falta"** pois de repente Gao Shide proferiu palavras tão fofas e preciosas que levaram Zhou Shuyi a ficar totalmente sem palavras.

— Espere por mim.

Gao Shide olhou para o namorado que havia finalmente confirmado a relação deles, seus olhos mostravam a relutância em ir embora. Zhou Shuyi então franziu o nariz e tomou a iniciativa abrindo os braços para abraçar o outro enquanto balançava a cabeça em sinal de confirmação para o que Gao Shide acabara de falar.

— Vou esperar. Não deixe de mandar mensagem e tenha uma ótima viagem.

Assim, o táxi com as malas e os passageiros foi gradualmente saindo da visão de Zhou Shuyi, que ainda estava em pé no mesmo lugar dando tchau enquanto olhava para as duas pessoas, por quem ele tinha tanto carinho, partirem.

***

Dentro do avião...

Zhou Shuyi: Por mais que eu odeie usar e-mail, eu criei uma conta exclusivamente para você, mas vai depender de quão esperto você é para entender o que isso significa.

Antes do avião decolar, Gao Shide olhou a mensagem que estava no seu celular e logo em seguida do texto estava o escrito "Abruti87887278@gmail.com" e uma figurinha provocativa, uma conta exclusiva que Zhou Shuyi havia ajudado ele a fazer.

— Filho bobinho, por que você está rindo depois de ter sido zombado? — disse a mãe de Gao Shide movendo seu rosto para o lado direito despretensiosamente e, olhando para a mensagem na tela, deu um suspiro involuntário.

— O que foi?

— A palavra "abruti" em francês significa "idiota" — explicou a mãe de Gao Shide apontando para a conta do e-mail na mensagem e depois brincou: — Pessoas apaixonadas realmente são idiotas!

— Foi isso o que ele quis dizer... — falou Gao Shide com o canto de sua boca levantando quando destrancou a senha com o número representado na conta do e-mail.

— Isso que ele quis dizer?

— "Abruti" é "idiota" e se você bater os números "87887278" com a linguagem de programação ASCII, irá achar quatro letras correspondentes a "WXHN". Agora, pegando essas letras novamente e passando elas para o *pinyin* chinês, teremos a frase "eu gosto de você". Então, a frase toda para Abruti87887278 significa: "idiota, eu gosto de você" — explicou Gao Shide enquanto apontava para a mensagem que tinhas os números e letras. A mãe, depois de ter escutado tudo, fez uma expressão de que aquilo havia sido tão doce que estava morrendo.

— Tão romântico, vocês adotaram um estilo intelectual de namoro? Você é realmente muito inteligente — falou a mãe de Gao Shide com um sorriso.

— Claro, sou seu filho.

— Isso é verdade — confirmou a mãe e, em seguida, os dois se olharam com a mesma expressão de debochados, então a mãe acrescentou: — Mas já que você gosta, então valorize em vez de ficar zoando.

— Eu sei, mãe! — respondeu Gao Shide, mas logo sua mãe levantou o queixo em uma pose de intimidação para proteger alguém.

— O Yizinho é meu protegido, se você ousar fazer algo a ele, você é um garoto morto.

— E eu?

— Você? — questionou a mãe desviando o olhar, pegou um catálogo que estava atrás do assento da frente enquanto ignorava seu filho cheio de inveja e declarou: — Você que cuide de si mesmo!

A aeromoça que estava passando pelo corredor, avistou o celular na mão de um dos passageiros, se aproximando gentilmente o relembrou:

— Com licença, senhor, o avião está prestes a decolar, desligue o celular, por favor!

— Desculpe. — Digitou rapidamente algo no celular e enviou logo em seguida.

— Acabou já, desligue o celular e assim que pousarmos você fala com o Yizinho.

— Eu sei, mãe. Para de espiar a minha conversa com o Shuyi.

Gao Shide, ao mesmo tempo que estava discutindo com a mãe, apertava o botão ao lado do celular para desligar o dispositivo e, finalmente, o colocou dentro do bolso da jaqueta.

Enquanto isso, do outro lado da cidade, Zhou Shuyi estava sentado ao lado da janela olhando para a mensagem que acabara de receber.

Gao Shide: Eu também gosto de você, Yi.

— Realmente, estar apaixonado por alguém é ser um idiota.
Olhando para o céu do lado de fora da janela com um sorriso em seu rosto, os cantos de sua boca não conseguiam evitar de ficar cada vez mais altos.
"Estar apaixonado por alguém é igual a ser um idiota, pois é a melhor maneira de continuar o relacionamento, rindo juntos, sentindo a falta um do outro juntos e nos tornarmos bobos juntos!", refletiu Zhou Shuyi, cheio de felicidade.

Fim do "Para Sempre o Número 1", continua no maravilhoso "O Contra-Ataque do Número 2".

Extra 1
Sou o único que pode existir em seu futuro

Na residência da família Zhou...

CLACK! – foi o som que a tranca da porta fez, quase como uma alavanca que acabara de acender a paixão das duas pessoas que estavam se abraçando e se beijando na entrada do cômodo. Elas haviam bebido naquele dia, o dia em que tinham acabado de colocar os braceletes no pulso.

— Gao Shi-... de...

A voz chamando descuidadamente foi logo abafada por uma nova rodada de beijos, como se os espíritos estivessem conectados enquanto as mãos eram retraídas nas costas um do outro tomando iniciativa para arrancarem os casacos e as blusas que estavam vestindo. Os sapatos e meias foram deixados no chão do corredor e como Zhou Shuyi era o dono da casa, ele estava andando de costas e ao mesmo tempo guiando Gao Shide para que não batessem em algum móvel da sala até chegarem no piano de cauda colocado de frente a uma janela estilo francesa que ia do chão até o teto.

— *Hm... Hm*, oh... — respondeu Zhou Shuyi imediatamente ao homem que estava fazendo seu corpo queimar, pressionando os lábios macios um do outro.

"Eu não sabia que o Gao Shide era uma pessoa impulsiva, mas quando penso nisso, que apenas eu posso fazer a pessoa tão calma e racional perder seu controle dessa forma, assim eu não tenho nenhuma outra escolha a não ser satisfazê-lo", pensou Zhou Shuyi.

As costas desnudas estavam grudadas no piano, a mão direita procurava apoio para estabilizar o corpo e acidentalmente pressionou uma das teclas por conta de a tampa estar levantada, o que fez o piano Bösendorfer feito em Viena soar alto e estridente. O som de repente acordou o casal do transe dos beijos; em seguida, as duas pessoas se olharam e riram ao mesmo tempo.

— O que eu deveria fazer agora? — perguntou Gao Shide ao mesmo tempo em que rosto de Zhou Shuyi ficou vermelho assistindo a outra pessoa que também estava ofegante.

— Você...

— Você realmente está disposto a fazer?

— Não faz sentido... — disse Zhou Shuyi com seu rosto vermelho, então olhou para o outro e respondeu: — Se eu não quisesse, teria deixado você passar pela porta da entrada?

O orgulho e a confiança na fala deixou a pessoa com a respiração pesada, pois ela ficou atraída por ele desde a primeira vez que se encontram, dessa forma Zhou Shuyi em seus olhos sempre fora muito lindo.

— De qualquer forma, vai ser assim, vou deixar você ficar por cima de novo.

Mesmo que Zhou Shuyi estivesse falando com tom de indiferença, os seus olhos denunciavam sua mente culpada, demonstrando diretamente para a pessoa que estava em pé na frente dele o que ele queria. Parafraseando as palavras que Jiang Yuxin disse brincando, entre dois homens, alguém tem que se deitar, e ele não se importava se era ele quem se deitaria ou não. Isso porque era Gao Shide, então ele estava disposto a fazer qualquer coisa, mas descobrir como se "deitar" parecia ser o maior desafio. Afinal, ele não tinha... nenhuma experiência naquele assunto.

— Obrigado por deixar — disse Gao Shide e sorriu colocando a mão nele para que pudesse confortar a pessoa de quem gostava há tanto tempo, sentindo na palma de sua mão o calor que emanava do corpo de seu namorado.

— Não... não precisa agradecer...

A pessoa que estava se inclinando no piano assentiu com a cabeça enquanto as duas bochechas e as orelhas ficaram imediatamente vermelhas.

* * *

Zhou Shuyi sentou-se no banco preto do piano com as costas apoiadas no tampão das teclas. O ar parecia estar quente e a respiração dos dois pareciam ter ficado muito mais alta enquanto o som das batidas do coração pareciam as batidas do piano, que foi de 40 para 120 bpm, o que fazia toda a caixa torácica deles balançar. A pessoa que estava ajoelhada na frente do banco desabotoou a blusa de Zhou Shuyi e, botão por botão, deslizou os dedos através de seu peitoral, que subia e descia por conta da respiração. Então, foi descendo até o jeans que estava cobrindo as partes mais importantes e vagarosamente foi puxado o zíper até embaixo. Gao Shide levantou a cabeça e, olhando para as bochechas rosadas do namorado, perguntou:

— Nervoso?

— Se você gosta tanto de falar, então vamos trocar de lugar.

O garoto maldoso estava querendo zombar da pessoa que já estava envergonhada e sem saber o que fazer enquanto eles se encaravam, o que o deixava apavorado.

— Ok, eu não vou mais falar nada — disse Gao Shide, depois a boca de Zhou Shuyi levantou em um sorriso mimado enquanto seu rosto transbordava emoções que não podiam ser escondidas.

Se Gao Shide pudesse voltar no tempo, a pessoa que ele era no passado jamais acreditaria que ele e o "rei da arrogância" estariam em um relacionamento. Ele entendeu que a atitude de "deixar ele por cima" de Zhou Shuyi era uma afirmação firme do amor deles e de sua fé em si mesmo. Confiava que Gao Shide não trairia sua confiança, confiava que ele entregaria um amor cheio de felicidade para Zhou Shuyi. Então, abaixando o corpo como um devoto fiel se aproximando de sua divindade, ele beijou a pele trêmula e quente, beijou a linha dos músculos entre a cintura e as coxas, sentindo a respiração ficar cada vez mais pesada no ar e, finalmente, abriu a boca.

— Eu gosto de você, Shuyi.

— ...

Enquanto Zhou Shuyi estava com seu corpo pegando fogo pela provocação, ele escutou aquela confissão do namorado. Então, mordeu os próprios lábios secos de vergonha e se curvou para encurtar a distância entre eles, hipnotizado olhando para o homem em sua frente que parecia sempre bobo e ao mesmo tempo fofo. Então, Zhou Shuyi aproximou-se do ouvido dele e com cuidado confessou:

— Eu te amo mais, Gao Shide.

"Eu amo mais você do que você me ama. Então, já que eu o amo mais, não ligo de ceder a dominância em momentos eróticos e deixá-la com você, pois você pertence a mim", refletiu Zhou Shuyi.

— Yi...

A linguagem sincera de amor deixou Gao Shide trêmulo, abaixou-se para beijar o lugar onde estava tendo reações, mimando seu príncipe com todo o seu afeto e deixando que sua mente apenas lembrasse da sua própria existência, deixando o corpo lembrar qual era a sensação de ser amado.

Depois de carregar Zhou Shuyi, que estava incapaz de ficar em pé, andou até o quarto e o colocou na cama de casal macia. Ele retirou a calça jeans cinza, que ainda estava vestindo, cobriu o corpo avermelhado de seu namorado com provocações por toda a parte enquanto escutava a voz provocante e sedutora de Zhou Shuyi. Depois, ele entrou devagar e gentilmente até que os dois ficassem exaustos, deitados de barriga para cima naquela cama desarrumada.

— Espere eu ter um tempo livre e eu vou até os Estados Unidos procurar você — disse Zhou Shuyi ainda ofegante, virou-se para o lado do namorado.

— Ok, eu vou esperar por você — respondeu Gao Shide olhando para o rosto maravilhoso da outra pessoa.

— Combinado? — Estendeu Zhou Shuyi o dedo mindinho da sua mão direita para Gao Shide, dando uma piscadela.

— Combinado. — E com a mesma mão direita que continha o bracelete no pulso, esticou o dedo mindinho para agarrar o dedo do namorado e selar a promessa.

"Como Zhou Shuyi havia falado quando eu entreguei o bracelete: 'Sou o único que pode existir no seu futuro'. Então, apenas ele poderá existir no meu futuro", pensou Gao Shide.

Fim.

Extra 2
Evidência direta de
um romance

— Liu Bingwei, você veio de novo.

Fang Zhengwen olhou para a pessoa que apareceu do lado de fora da sala de aula assim que o sinal tocou. Liu Bingwei entrou arrogantemente com sua mochila e perguntou para o seu amigo:

— O que, tem alguma regra que me impeça de entrar?

— Todos os nossos colegas de curso acham que você é um veterano do nosso curso. Diga o que um estudante do curso de Direito vem fazer todos os dias aqui no nosso querido curso de Finanças?

— Claro que não seria por sua causa — respondeu Liu Bingwei enxotando-o, então andou em direção a uma carteira vaga na frente de Zhou Shuyi, puxou a cadeira para sentar-se e falou: — Shuyi, a atividade do Clube dos Estudantes vai ser karaokê. Você quer ir?

— Não estou a fim.

— Pois é, então eu também não vou. — Olhando para a pessoa que estava pegando a mochila e se levantando para ir embora, perguntou: — Ei, vai para onde?

— Praticar piano.

— Eu vou com você! — disse Liu Bingwei enquanto levantava e em seguida deixou a sala de aula apoiado no ombro de Zhou Shuyi.

— *Argh...* — suspirou Fang Zhengwen ao mesmo tempo em que balançava a cabeça em negação, olhando para aquelas duas pessoas.

Era óbvio que Liu Bingwei não se interessava por música e que todas as vezes que escutava Zhou Shuyi praticar piano acabava dormindo, mas ele ainda continuava indo. "Sentimentos não fazem o menor sentido, mesmo quando fazemos as coisas mais estúpidas, ainda assim elas nos deixam extremamente felizes", refletiu Fang Zhengwen.

* * *

— *Gao Shide, eu gosto de você! Gosto de você desde que você se transferiu para cá e viramos amigos, eu tenho gostado muito de você.*

— *Eu sei.*

— *Você sabe? Você sabe que eu gosto de você, mas nunca tentou recusar as minhas investidas? Gao Shide, é divertido me ver girando em torno de você assim?*

— *Eu te considero meu melhor amigo.*

— *Mas eu não sou!*

— *Zheyu, não imponha seus sentimentos aos outros, sentimentos não são recompensados apenas por seu esforço.*

As lágrimas nos olhos tornavam tudo embaçado ao seu redor, as pernas não paravam de correr loucamente, como se toda a exaustão física de força poderia manter longe o sentimento de ser rejeitado.

— Por que não eu? Por que não pode ser eu?

As lágrimas nas suas bochechas frias estavam sendo lançadas ao ar pelo vento, sua garganta já havia sugado todo o ar frio, urrando involuntariamente. No entanto, a mente pensante dizia racionalmente que Gao Shide estava certo sobre os sentimentos não serem recompensados apenas por seu esforço.

Em um segundo antes que seu corpo caísse no chão, ele bateu em uma outra pessoa que também estava correndo ao virar a esquina. Shi Zheyu acabou sendo atingido e caindo com tudo no chão, embora a outra pessoa não tenha tido o mesmo fim trágico dele. A outra deu dois passos para trás enquanto esfregava a testa gritando xingamentos:

— Porra! Quem foi?

Liu Bingwei, furioso, deixou cair a mão direita que esfregava a testa e finalmente viu claramente quem tinha batido nele. No entanto, ao ver as lágrimas no rosto daquela pessoa, ficou atordoado.

— Shi Zheyu, você... está chorando?

— Não é da sua conta.

— *Pff!* — Essa última fala dele fez com que Liu Bingwei não conseguisse segurar o riso, deixando a pessoa, que já estava irritada, completamente possuída.

— Você ri igual a uma hiena.

— Perdão, perdão, eu apenas pensei no dia que o clube fez o desafio noturno de coragem, você falou exatamente a mesma coisa para mim.

— *Você está bem?*

— *Não é da sua conta.*

— *Ah!*

— *Se você tem tanto medo, por que veio participar? Você gostaria de formar um grupo comigo? A gente pode ir juntos até a linha de chegada e me disseram que o prêmio desta vez é algo muito bom. Seria uma pena se não ganhássemos. Eu sei que você quer falar de novo "não é da sua conta", mas por enquanto vai* ter que segurar a vontade e me deixar cuidar disso por mais uns vinte minutos, que eu garanto que ganharemos esse desafio.

— Só vou concordar se você me der sua parte do prêmio.

— Fechou! Vamos selar o acordo com um aperto de mãos e seguir juntos para coletar os selos e ganhar esta prova.

— Fechou.

— ...

Shi Zheyu estava surpreso ao se lembrar do encontro no evento. Originalmente, ele tinha decidido participar da atividade por causa de Gao Shide, mas inesperadamente Liu Bingwei o forçou a fazer um time com ele. No entanto, sem ele, Shi Zheyu, que tinha medo de fantasmas, não teria conseguido terminar a atividade, pois não tinha coragem suficiente nem para voltar o caminho até a entrada para desistir da competição.

Naquele momento, Liu Bingwei esticou as mãos para a pessoa que havia caído no caminho e disse:

— Me dê a mão e vamos para um outro lugar.

— Que lugar?

— Você vai saber quando chegar.

Ele ficou balançando a mão esperando com um sorriso a mão da outra pessoa. Aquele sorriso gentil era como magia que instantaneamente curou a dor que Zheyu estava sentindo, então alcançou a mão da pessoa que estava em pé para que pudesse ajudá-lo a levantar do chão.

Depois, enquanto caminhavam em direção ao estacionamento de motos, Shi Zheyu pegou o capacete reserva de Liu Bingwei e sentou-se na parte de trás da moto. No caminho, o rapaz assistia a outra pessoa pilotando a moto com toda a sua habilidade de pilotar através das ruas até estacionarem na frente do prédio com uma placa pendurada de karaokê.

— Vem! Vamos cantar! Não há nada que comida e cantoria não resolvam. Mas se mesmo assim não funcionar, teremos que comer e cantar duas vezes mais.

Liu Bingwei sorria enquanto fazia o sinal da paz com os dois dedos da mão e mesmo que a outra pessoa quisesse ou não fazer aqueles planos, eles foram direto para a recepção alugar uma cabine para duas pessoas com a atendente. Liu Bingwei, então, passou o braço ao redor dos ombros de Shi Zheyu e o arrastou para aquela cabine. Depois de um tempo, pediram um monte de comida e escolheram o repertório de músicas. No entanto, uma das pessoas que estava segurando o microfone, ignorou a voz do outro e cantou o mais alto o possível enquanto comia toda a comida.

* * *

Prédio principal...

Dentro do anfiteatro, que era suficiente para caber quase duzentos alunos, um professor estava em cima da plataforma explicando sobre o direito de processo criminal e análise de tipos de evidência.

— Uma evidência direta significa que ela pode provar diretamente os fatos do crime; por exemplo: as digitais na arma do crime em um caso de homicídio, pois a arma pode ser considerada a evidência direta do caso. No entanto, a evidência indireta significa que, através dos fatos, o crime não pode ser diretamente provado, mas pode ser diretamente inferido do fato presente pela evidência. Por exemplo, se a câmera de vigilância próxima só gravou o agressor entrando e saindo do local antes e depois do momento do crime, a gravação da câmera de vigilância é uma evidência indireta do assassinato. No entanto, como a evidência indireta não pode provar diretamente a existência do fato criminoso, na prática, a Suprema Corte estabeleceu regulamentos para a capacidade probatória da evidência indireta no caso No. 4986 em 1987. Nesse caso, é indicado que a evidência usada para comprovar o fato criminoso não se limite apenas a evidências diretas, mas também inclua evidências indiretas. No entanto, tanto as evidências diretas quanto as evidências indiretas devem ser tão convincentes que não sejam suspeitas pelas pessoas em geral antes que a condenação possa ser feita. Em adicional à evidência direta e indireta, existe também a evidência auxiliar que significa...

O professor em cima da plataforma explicava enquanto uma pessoa na última fileira estava perdida em seus pensamentos...

Quando havia encontrado despretensiosamente Shi Zheyu no dia anterior, não tinha como Liu Bingwei deixar uma pessoa que estava chorando daquele jeito, então ele o levou na sua moto para o karaokê. Mas, depois de algumas latas de cerveja, por Shi Zheyu ter uma baixa tolerância ao álcool, começou a confessar tudo que estava em seu coração. Ele revelou que estava apaixonado por Gao Shide há um bom tempo e que queria confessar seus sentimentos antes da formatura, porém inesperadamente o alvo de seu afeto começou a se relacionar com Zhou Shuyi. Além disso, disse que Gao Shide uma vez falou que tinha um crush em alguém desde a escola fundamental, então percebeu que estava competindo com Zhou Shuyi esse tempo inteiro.

Aquelas informações deixaram Liu Bingwei desnorteado por alguns minutos porque ele também sentia algo por Zhou Shuyi. Até tinha pensado sobre confessar seus sentimentos, mas era estranho que quando escutou que Gao Shide e Zhou Shuyi estavam juntos, não ficou tão abalado quanto Shi Zheyu, que chegou a chorar por um amor perdido.

Isso tudo fez com que ele pensasse seriamente. Antes da faculdade, sua vida se resumia a ir para a escola, para casa e para a escola preparatória, ou seja, uma vida composta por apenas três objetivos e nada mais. Então, ele nunca teve nenhuma experiência no amor, o que refletia na sua necessidade de pensar seriamente se o "gostar" de Zhou Shuyi antes era realmente "gostar". Talvez, isso fosse apenas fruto da sua personalidade de cuidar das outras pessoas, ainda mais do Presidente do Clube de Natação.

"Por isso, era natural incluir essa pessoa como objeto de proteção e acabar confundindo a ideia de proteção com gostar? Como o professor havia falado antes, se a evidência direta era que eu não me sentia machucado por ter escutado sobre Zhou Shuyi namorando o Gao Shide, ou é uma evidência indireta que eu não tinha nenhuma variação de emoção depois de ter escutado a notícia. Porém, as duas evidências apontam para a mesma resposta... O 'gostar' de Zhou Shuyi não era realmente no sentido romântico da palavra", refletiu Liu Bingwei consigo mesmo.

— Uôu! Que brisa!

De repente, a mão esquerda de uma silhueta bateu fortemente no ombro de Liu Bingwei, que se virou assustado, mas viu Shi Zheyu que havia cantado com ele no dia anterior.

— Shi...

A voz exclamando surgiu subitamente na sala de aula, Shi Zheyu alcançou a boca de Liu Bingwei e a cobriu, mas não foi rápido o suficiente e acabou chamando a atenção do professor que estava no palco na frente deles. O professor, que estava copiando pontos importantes no quadro, virou-se para olhar o estudante sentado na última fileira enquanto segurava o microfone e perguntou:

— Teria alguma questão, estudante?

— Não temos, professor — respondeu Shi Zheyu no lugar da outra pessoa que ainda estava em choque.

— Ok, se não tiver nenhuma questão, vamos continuar na parte sobre a evidência positiva e a evidência negativa — falou o docente, voltando a sua cabeça para baixo para virar a página do livro, continuando com o capítulo sobre evidências.

— Como você veio parar aqui? — perguntou Liu Bingwei com a voz baixa depois de ter colocado a mão que cobria sua boca para baixo.

— Estava te procurando.

— Procurando, **ME** procurando?

Quando Liu Bingwei escutou o que ele havia respondido, seu coração bateu descompassado por um momento. Shi Zheyu obviamente não tinha notado que ele estava agindo diferente, apenas olhou para longe e falou um pouco envergonhado:

— Obrigado por ter ficado comigo ontem e também por ter me mandado para casa quando estava bêbado. Mas como você sabe o meu endereço?

Por conta do seu mau humor no dia anterior, ele acabou pedindo meia dúzia de cervejas dentro da cabine do karaokê e depois bebeu todas furiosamente. Shi Zheyu não tinha nenhuma memória do que aconteceu depois que acordou em sua própria cama, então, quando perguntou à mãe, descobriu que um colega de classe chamado Liu Bingwei havia o deixado em casa, subido cinco andares com ele nas costas até o quarto. A mãe de Zheyu estava grata e ao mesmo tempo irritadíssima, grata por aquele colega tê-lo deixado em casa em segurança, mas irritada porque o filho inesperadamente virou um bebum. Se algo tivesse acontecido de errado, ele faria a sua mãe morrer de tanto chorar.

— O representante de classe de vocês é o Presidente do Clube de Teatro, eu perguntei a ele o seu endereço.

— Beleza. Não tem problema.

Shi Zheyu descobriu que ele não tinha ido procurar Gao Shide para pedir seu endereço, assim pôde relaxar a ansiedade que estava sentindo. Deu leves tapas no braço do Liu Bingwei e falou:

— Vou te levar para comer em retribuição.

— Não precisa, eu apenas não consigo ignorar você.

— Nada disso, eu preciso te levar para comer alguma coisa.

— Talvez em algum outro momento, fiquei todo dolorido de ter carregado você ontem e agora estou tendo que comer com a mão esquerda — admitiu Liu Bingwei com um sorriso sem graça enquanto levantava sua mão direita para explicar.

No dia anterior, quando Shi Zheyu havia ficado bêbado na cabine de karaokê, Bingwei sentiu-se aliviado por ter ido junto para casa de Zheyu quando viu que a mãe dele não conseguiria carregar o filho adulto. Acabou fazendo uma boa ação e o carregou nas costas do térreo até o quinto andar, para deixá-lo em sua cama. Então, Liu Bingwei pegou um outro táxi de volta ao estacionamento ao lado do karaokê e voltou para casa em sua moto.

— Eu te ajudo a comer — falou Shi Zheyu e logo em seguida se arrependeu do que acabara de falar. Embora eles fossem amigos, ainda não tinham tanta intimidade assim.

— Ok, então. Você pode me ajudar a comer — aceitou Liu Bingwei com um sorriso ao ter olhado a expressão envergonhada dele.

Desde aquele dia, Liu Bingwei parou de andar aleatoriamente nas aulas do curso de Finanças, em vez disso, Shi Zheyu, do curso de Engenharia da Informação, estava constantemente presente nas aulas de Direito, fazendo anotações para alguém que estava com a mão direita machucada. Depois se encontravam na hora do almoço ou na biblioteca à tarde, depois da aula.

— Obrigado! Nos vemos amanhã na faculdade!

— Nos vemos amanhã!

Shi Zheyu habilidosamente desceu do banco de trás da moto, desprendeu o fecho do queixo que segurava o capacete e o entregou para Liu Bingwei que o pegou enquanto assistia o outro entrar no apartamento e, só assim, começou a acelerar para deixar o local.

Quando chegou em casa, Liu Bingwei entrou no quarto de estudos e olhou para o quadro branco pendurado na parede onde estava a mesa, lá estava escrita sua lista de afazeres e o progresso de estudos. Ele pegou o apagador e apagou tudo que estava escrito e usando uma caneta piloto preta desenhou uma linha longa nele. Essa linha dividia o quadro em duas partes, no lado esquerdo escreveu "gosto" e no lado direito escreveu "não gosto", usando agora uma caneta azul, escreveu debaixo do "não gosto": chorar, pessoas que são chatas para comer e o olhar triste de quando vê Gao Shide. Depois, na parte que estava escrito "gosto", escreveu: coisas simples, sorrir, ser esforçado e beber; quando sem querer adormece na biblioteca em cima da mesa e quando brincamos de competir um com o outro.

"Chorar" sob "Não gostar" foi marcado com uma grande linha de exclusão em vermelho por Liu Bingwei.

— De agora em diante, farei com que você sorria cada vez mais, até superar completamente a desilusão amorosa.

Assim que terminou de falar, deu alguns passos para trás para que pudesse olhar tudo que havia posto no quadro e deu um sorriso cheio de emoção. Percebeu que aquilo era uma evidência direta de que estava apaixonado por alguém. Mas como provar isso? A solução era ter paciência, se esforçar e esperar até que essa pessoa também se apaixonasse por ele.

Depois da cerimônia de formatura, Liu Bingwei e Shi Zheyu trocaram buquês de flores com desejos de boa sorte e seguiram com suas próprias vidas. Embora conversassem por mensagem, as ocupações com estágios e exames impediram que se encontrassem novamente...

Fim.

Extra 3
Jantar frio de Ano-Novo

— Feliz Ano-Novo! Desejo a você muita saúde e tudo de bom.
— Shide é tão obediente. Venha aqui, este envelope vermelho é para você, para que continue sendo obediente.
— Uau! Muito obrigado, tio, tia.
— Eita! Shouyi cresceu tanto! Também está cada vez mais bonitão, você já vai para a faculdade este ano, então dê o seu melhor porque no futuro, quando terminar a faculdade de medicina, você irá herdar o hospital.
— Obrigado, tia.

A véspera do Ano-Novo Chinês costumava ser o dia de reunião familiar. Pei Shouyi ficava junto dos seus pais na porta de entrada aberta enquanto recebia os familiares e convidados de fora que foram comer a ceia de véspera de Ano-Novo em sua casa.

Durante o jantar, uma equipe de bufê especial estava trabalhando na cozinha aberta incessantemente. Toda vez que o chefe terminava uma comida, os encarregados do serviço levavam os pratos quentes para a mesa com eficiência. Mesmo que o preço de contratar uma equipe de serviço não fosse barato, era mais festivo ter um jantar de

Ano-Novo Chinês em casa do que reservar uma sala de jantar em um restaurante. Porém, dentro daquela sala de jantar que possuía espaço suficiente para caber vinte pessoas, os mais velhos ficavam sentados na mesa comendo o jantar enquanto os tópicos de conversas eram sobre eles desejando uns aos outros saúde e sucesso na carreira, além de conversarem sobre as notas acadêmicas dos filhos. Durante esse tópico, era inevitável não mencionar a criança com as melhores notas entre os mais jovens: Pei Shouyi.

— A presidente certamente foi muito abençoada, pois Shouyi foi admitido na faculdade de Medicina da Universidade T. Ao contrário do meu filho, que se conseguir ser admitido pelo menos em uma universidade nacional no futuro, vou voltar para o templo e refazer os meus votos.

Um dos convidados que era professor da Universidade de Medicina T levantou os óculos para parabenizar a mãe de Pei Shouyi, que era a presidente de um hospital. O aluno do ensino médio que veio com o pai olhou feio para o menino que comia na mesma mesa que ele, essas pessoas sempre o faziam sentir inferior aos outros. A mãe de Pei Shouyi cobriu os cantos de sua boca com as mãos e disse de forma orgulhosa:

— Nós ainda não temos certeza de que ele passou na prova, mas, caso passe, daqui a alguns anos ainda estaremos incomodando o professor Zhang para aumentar alguns pontos.

— Certamente, certamente. Eu não poderia pedir por um aluno melhor que Pei Shouyi.

— Então, vamos adiantar os agradecimentos ao professor — disse a mãe de Pei Shouyi com um sorriso levantando a taça para que pudesse brindar o futuro professor de seu filho.

— Presidente, a senhora é muito gentil.

O garoto de aproximadamente dezessete anos que estava sendo o objeto do assunto, não havia falado uma palavra do início ao fim, apenas comia em silêncio. No entanto, as outras crianças que estavam na mesma mesa conversavam entre si, mas ninguém ousava falar com o garoto completamente sem expressão.

— Pei Shouyi, já faz mais de uma hora e meia, ainda está comendo? — Sentado na mesa principal, o pai de Pei Shouyi de repente ficou pálido, largou os palitinhos na mesa e disse seriamente para o filho que estava ainda comendo, indiferente ao fato de que tinha outros convidados ao lado dele.

A pessoa alertada colocou na mesa a tigela e os palitinhos com uma expressão fria e arrastou a cadeira para trás, como se fosse um robô recebendo instruções, levantou-se e reverenciou os convidados mais velhos e finalmente falou, hesitante:

— Feliz Ano-Novo. Estou cheio, então vou para o meu quarto.

— Comer, comer, comer, só consegue comer, você acha que é um porco? Você ainda tem a cara de pau de comer mesmo com suas notas estando baixas.

Ele ignorou o pai na frente dos familiares e convidados com seus comentários sarcásticos, desdenhosos e abusivos; o garoto deu as costas para a sala de jantar que estava em completo silêncio e retornou para o quarto sob olhares envergonhados. Ele puxou a cadeira da escrivaninha, revisou metade do conteúdo da prova antes e continuou praticando todos os tipos de questões difíceis sobre arqueologia.

— Primo Shouyi... — O menino murmurou o nome do primo e olhou para os adultos que continuaram a conversar como se nada tivesse acontecido depois que Pei Shouyi saiu, e olhou para o jantar de véspera de Ano-Novo pela metade que estava esfriando lentamente nas tigelas e pratos.

***

Na prova final antes do fim do semestre, ele terminou em segundo lugar da universidade por uma diferença de apenas dez pontos. Mas, por ser sempre o número um nas aulas, uma conquista desse calibre era vista como um fracasso diante dos olhos de seus pais. O pai era uma autoridade dentro do mundo médico e sua mãe era presidente de um grande hospital, então ele começou a viver apenas em função de exceder às expectativas de seus pais, a começar pelas notas do ensino fundamental. Independentemente do tipo de competição ou de notas, a "Pei Shouyi" não era permitido nenhum lugar a não ser o primeiro. No entanto, caso falhasse, teria que enfrentar infinitas humilhações e, caso tivessem mais pessoas em volta, o pai dele o humilhava de forma ainda mais cruel, até que ele voltasse a ocupar a liderança entre os melhores.

Parecia com o que acontecia dentro das áreas turísticas da Tailândia, os elefantes eram presos por correntes de ferro e caminhavam através da selva dia e noite machucando suas peles, sangrando e criando tumores por conta do atrito da corrente, só podiam curvar as cabeças e aguentar senão o guia iria espancá-los impiedosamente com o chicote. Pei Shouyi resistiu apenas uma vez no exame final antes da viagem de graduação no terceiro ano.

Quando olhou o boletim, ele estava abaixo da nota nove por conta de omissões na escrita e faltas. No entanto, pensou que, caso seu pai visse essa nota, ele nunca assinaria o termo de consentimento para a viagem de graduação, sua última chance de viajar com seus amigos. Então, foi a uma loja que vendia carimbos de assinaturas entalhadas e secretamente entalhou o selo do professor responsável da turma e carimbou a impressão falsa do boletim, conseguindo, com sucesso, a assinatura de seu pai. Depois, imitou a letra do pai e assinou o boletim verdadeiro. Ele achava que conseguiria enganar o pai e a mãe para que pudessem assinar o termo de consentimento dos pais, mas não imaginava que uma semana depois de mostrar o boletim, a mãe dele precisou participar de uma reunião de pais onde o professor responsável pela turma perguntou a razão das notas de Pei Shouyi estarem caindo, fazendo com que o boletim forjado fosse desmascarado.

Assim que ela voltou para casa, seu pai o chamou e colocou o boletim verdadeiro em cima da mesa e com muita frieza falou:

— *Eu pedi para que o professor colocasse a sua falta na viagem de graduação e também pedi para você receber tutoria durante esses dias para que estudasse bastante em casa.*

— *Pai! Mas eu prometi aos meus colegas...*

Durante três anos seguidos, ou estava na escola ou ia para o curso preparatório, ou ia para casa fazer aulas particulares. Nunca saiu para jantar fora, muito menos saiu com os amigos; e quando finalmente teve a chance de fazer uma viagem de formatura, que era a única oportunidade para ele sair de casa e criar boas memórias com seus amigos, uma única frase do pai arruinou tudo.

— *Pai! Eu te imploro, me perdoe, eu errei, te imploro para que você me deixe ir...*

A primeira vez que ele resistiu, foi também a primeira vez que se ajoelhou para o seu pai. Ele chorava enquanto se desculpava, chorava enquanto falava que havia errado, chorava enquanto prometia fazer quantas aulas de tutoria fossem necessárias no futuro e que frequentaria as aulas do curso preparatório. Prometeu que estudaria o quanto fosse necessário antes de ir dormir, mas que apenas tinha esperanças que seu pai fosse assinar o termo de consentimento para ir na viagem de graduação. Mas ele foi friamente rejeitado.

— *Um garoto inútil que falhou consecutivamente nas provas não tem qualificação para falar comigo.*

— *Pai...*

— *Tudo que eu falo é para o seu bem, você vai dar valor quando estiver mais velho.*

— ...

Consequentemente, ele não estava nas fotos da viagem de graduação e nem sua foto estava no anuário com as de cada colega da turma. Ter inúmeros certificados de honra ao mérito e boletins de primeiro lugar que enchiam paredes inteiras faziam os outros pais ficarem cheios de inveja. No entanto, não havia ali registros de uma vida nem fotos tiradas com os seus colegas de classe.

— Primo Shouyi, posso entrar? — perguntou um garoto que estava em pé no corredor bateu fazendo "*Toc-toc!*" na porta trancada.

— O que você veio fazer aqui? — perguntou Pei Shouyi indo até a porta, abrindo-a e vendo seu primo de dez anos de idade.

— Eu posso ficar dentro do quarto com você enquanto leio um livro? Vou ficar no cantinho, bem quieto, pra não atrapalhar seus estudos, tudo bem? — perguntou Gao Shide novamente, segurando um livro de história em seu peito e levantando a cabeça para olhar seu primo.

Ele queria recusar, mas não queria ser usado como desculpa para seus pais darem uma de bons educadores e o humilhassem na frente dos convidados, então achou melhor deixá-lo entrar em seu quarto. O garoto cumpriu com o que falou, estava sentado com as pernas cruzadas no canto mais distante da escrivaninha ao mesmo tempo em que lia sem emitir nenhum som.

Essa situação acabou deixando o pai de Pei Shouyi muito satisfeito, visto que Gao Shide também tinha notas excelentes e era um bom garoto. Como resultado, em uma resposta positiva, ele deixou que Pei Shouyi se tornasse o tutor do primo mais novo.

Uma vez, duas, três, quatro vezes Gao Shide entrou no quarto dele, mas Pei Shouyi já não aguentava mais. Virou-se e voltou a sentar na escrivaninha no canto enquanto seu primo pequeno fazia seu trabalho de casa obedientemente e perguntou:

— Você claramente não precisa que eu te ensine a fazer sua tarefa, então por que continua a vir na minha casa?

"Por que essa criança não parece com as outras pessoas que querem manter distância?", pensou Pei Shouyi.

— Comigo aqui, o primo não vai ficar sozinho — disse o pequeno garoto seriamente depois de ter colocado o lápis de lado e olhando para Pei Shouyi, que era dez anos mais velho que ele.

— Quem está sozinho...? — rebateu Pei Shouyi parando abruptamente de falar com muita vontade de refutá-lo, mas decidiu apenas franzir as sobrancelhas. — Sozinho... sozinho... sozinho...? — repetiu várias vezes essas duas palavras, como se tivesse um buraco em seu peito que apenas ele podia ver e esse buraco estava se espalhando para todos os lugares.

***

Em um parque de diversões...

— Primo Shouyi, olha!

O pequeno garoto inteligente estava muito agradecido por seu primo tê-lo ajudado a conseguir ficar em primeiro lugar na prova, então pediu para que os pais de Pei Shouyi prometessem deixar o primo o levar no parque de diversões. Gao Shide segurava a mão do parente e apontava para o carrossel onde muitas outras crianças estavam brincando. Então ele com toda a sua felicidade falou:

— Vamos brincar também.

— Uhum.

Logo em seguida, Pei Shouyi pegou sua carteira e puxou duzentos yuans e entregou para o vendedor da bilheteria, trocando-os pelas fichas dos jogos. Depois começou a ser arrastado pelo seu primo mais novo de volta para a fila de espera.

— Você ainda está se sentindo triste? — perguntou o pequeno garoto enquanto balançava a mão que segurava a do seu primo e levantou o olhar para ele.

— Então você mentiu para me trazer aqui, apenas na esperança de que eu sinta felicidade?

— Sim!

Pei Shouyi soltou um suspiro e ficou na posição de cócoras para que pudesse olhar para o seu pequeno primo muito animado, invejando-o por não perder seu sorriso mesmo que estivesse enfrentando o divórcio de seus pais. Assim tocou o topo da cabeça dele e disse:

— É inútil, eu realmente não consigo sentir nada.

Desde a primeira vez que ele contou para Gao Shide que não sabia o que era felicidade, o pequeno garoto tinha feito de tudo, dando o seu máximo para que o primo sentisse algo. Ele comprava coisas para que eles pudessem brincar, trazia seu livro de histórias favorito, deu a ele o pedaço de bolo que não conseguia comer mais, compartilhava as piadas que seus colegas de classe haviam lhe contado, mas Pei Shouyi não entendia o porquê desses esforços repetitivos, ele não sabia por que aquela criança se importava tanto se ele sentia ou não felicidade ou se estava feliz ou não. Essas coisas... nem mesmo seu pai e sua mãe que o deram à luz se importavam.

Assim, Gao Shide olhou para o rosto do primo e seus olhos ficaram vermelhos, porque o rosto de Pei Shouyi parecida com o da sua mãe depois que ela decidiu se divorciar do pai, as expressões eram exatamente as mesmas. O pequeno garoto olhou para o rapaz que estava agachado na sua frente e com seriedade falou:

— Não tem problema, na próxima iremos até o zoológico, ver pequenos animais vai, com certeza, fazer o Shouyi sentir felicidade. Sem dúvidas!

— Ok — respondeu Pei Shouyi com um sorriso falso, levantando os cantos de sua boca em um sorriso, imitando a expressão que uma pessoa, que não possuía as mesmas condições mentais, faria naquele momento.

Contanto que tivesse pessoas que estivessem dispostas a dar duro por ele, então ele também estaria disposto a continuar a trabalhar duro. Tentaria ao máximo atuar como uma pessoa sem essa condição, que choraria, riria e teria outras emoções.

* * *

No hospital...

— Não! Não pode ser! Como o meu filho tem transtorno de humor? Ele ainda mantém seu primeiro lugar na escola, além de ter sido admitido no Curso de Medicina da Universidade T, que tem o nível de aceitação menor do que 2%. Então como isso poderia ser um transtorno de humor? — urrou a mulher histericamente enquanto agarrava o jaleco do doutor dentro do consultório junto a mais uma pessoa.

— Presidente, seu filho realmente tem transtorno de humor, que é uma afetividade apática entre os tipos de transtornos de humor — disse o Diretor do Departamento de Neurologia com um tom calmo para a mulher que era presidente e também mãe, tentando explicar o diagnóstico de Pei Shouyi depois de meses de acompanhamento psicológico.

— ...

Dentro da clínica, Pei Shouyi estava sentado no banco esperando enquanto olhava para o psiquiatra nervoso e também olhava para sua mãe gritando, como se nada do que ele estivesse presenciando fosse sobre ele, assistindo esse show teatral entre a mãe e o doutor sem qualquer sentimento.

— *Shide, eu não consigo sentir felicidade.*

Aquela frase foi a origem de tudo. Primeiramente, ele se perguntava o porquê de seu primo pequeno rir quando ele assistia algum desenho, mas para Pei aquela imagem era só uma imagem sem sentimento. Depois disso, ele parecia um quebra-cabeça sem solução, constantemente arrastando Gao Shide para que ele tentasse resolver...

— *Shide, por que você se sente feliz?*
— *Shide, por que você se sente deprimido?*
— *Por que você se sente envergonhado?*
— *Por que você está com medo?*

Ele sentia que algo estava errado consigo mesmo, como se estivesse isolado de suas próprias emoções, incapaz de senti-las. A única pessoa que conseguia se aproximar dele era seu primo mais novo, o único que respondia pacientemente todas as suas perguntas. Ele lutou para entender que os seres humanos deveriam ter emoções e se esforçou para se adaptar e se tornar uma pessoa "normal", que não fosse rejeitada pelos outros como se fosse um estranho ou um alienígena.

Por conta de seu crescimento em um ambiente distorcido, sua educação opressora, xingamentos sarcásticos e humilhantes, a cada uma dessas ações feitas pelos seus pais eram como variações cada vez mais altas da força dentro de uma panela de pressão prestes a explodir. Assim que ele teve certeza de que seu nome estava na lista do Curso de Medicina da Universidade T, já havia acumulado o suficiente para uma explosão.

Durante um jantar festivo organizado pelos pais, onde familiares foram convidados para celebrar, houve um momento em que o pai e a mãe anunciaram com orgulho que seu filho havia sido admitido no curso de Medicina da Universidade T. No entanto, naquele momento, ele desmaiou na frente de todos e foi levado para o hospital onde a mãe trabalhava como presidente. Lá, ele permaneceu de cama por quinze dias, passando por vários exames, mas nenhum deles apontava uma causa física para o desmaio. Foi só depois de seis meses de consultas com um psiquiatra que foi determinado que ele estava sofrendo de um transtorno de humor e apatia, sendo este um dos subtipos da doença.

Pacientes que possuem o transtorno de humor, demonstram falta de reações emocionais para estímulos externos, falta de confiança em si mesmos, falta de orgulho, falta de timidez, falta de culpa, etc. No entanto, os próprios pacientes costumam não notarem que eles são emocionalmente privados. Uma pessoa, normalmente, quando vê uma outra chorando, sente um nó na garganta; quando um amigo está doente, demonstra empatia. Porém, as pessoas emocionalmente afetadas sentem como se elas não tivessem nenhuma ligação com o acontecimento, ou seja, não entregariam um lenço para uma pessoa que estivesse chorando de tristeza ou olham até mesmo para um membro da família em uma cama de hospital sem sentir nada, até mesmo para sua própria dor não eles não sabem como pedir por ajuda.

Pessoas que não possuem essa condição, pensam que uma pessoa assim não tem sentimentos, são frias e acabam colocando qualquer tipo de rótulo ignorando o fato de que as pessoas com essa condição apenas possuem barreiras emocionais altíssimas. São pessoas com um transtorno psicológico.

— Acalme-se, senhora presidente. Além da medicação, o principal é... — O diretor olhou para o homem crescido que estava sentado no banco com sua expressão de indiferença, depois de um momento de hesitação, suspirou e disse: — Presidente, você também sabe que para pacientes com transtorno de humor, medicação é apenas um suporte que trata os sintomas, mas não a causa. O principal é reduzir a origem dos estresses psicológicos, como, por exemplo, a pressão sobre as notas.

Muitos funcionários e o médico-residente já haviam escutado sobre os problemas dentro da casa da presidente. Embora ele sentisse pena da criança destaque que fora forçada a se fechar, pessoas de fora e até ele mesmo eram incapazes de fazer alguma coisa. No entanto, nunca imaginou que aquela criança entraria em seu consultório como um paciente que estivesse com necessidade de algum tratamento.

— Pare de falar besteiras! O meu filho não está doente! Meu filho não está doente! — negou a mãe de Pei Shouyi empurrando o doutor para longe, então foi correndo até Pei Shouyi, agarrando seu braço tentando arrastá-lo para fora da clínica.

— Presidente, acalme-se e me escute.

— Que cobrança é essa que você está falando? Como poderia cobrar algo do meu filho que é tão excelente em seus estudos? Você é uma piada como a autoridade médica de saúde física e mental, falando que meu filho tem algum problema, como o meu filho poderia ter algum problema? Ele não pode, não pode de jeito nenhum — gritou a mãe de Pei Shouyi furiosamente enquanto puxava freneticamente o filho para que se levantasse da cadeira.

— Shouyi, venha com a mãe. Mamãe vai te levar em outros doutores, você não pode ter nenhum problema mental, tem que ser alguma condição física, tem que ser.

Pei Shouyi retirou os dedos de sua mãe do braço friamente e levantou-se devagar, levantou os cantos de sua boca com uma expressão que ele havia "aprendido" enquanto observava as reações de outras pessoas. Imitando o sorriso de uma pessoa comum, olhou para o seu médico.

— Obrigado, doutor, obrigado por colocar para fora todas as dúvidas que existiam dentro do meu coração.

Através dos anos, ele se tornou um ator de baixa qualidade, tentando se disfarçar como uma pessoa que não tivesse a mesma condição que ele.

— *Quando eu tenho que sorrir?*

— *Quando é o momento de ficar triste?*

— *Quando é o momento de falar palavras confortantes?*

— *Quando eu tenho que entregar um lenço para alguém que está chorando?*

Com muitas práticas repetitivas, fez com que seu cérebro inteligente pudesse memorizar uma por uma as respostas até que um dia sua "anomalia" obteve uma resposta médica: transtorno de humor.

— Mãe, obrigada por ter me criado. Quando você voltar, agradeça ao meu pai por mim, agradeça por ter me dado a habilidade de me cuidar sozinho — disse Pei Shouyi com alívio em sua face depois de ter resolvido seus problemas, então segurou a mão de sua mãe e deu um sorriso falso.

— Do que você está falando, Shouyi? Mamãe não está entendendo — falou a mãe de Pei Shouyi, pois ela tinha conhecimento sobre a condição dele. Logo, ela entrou em pânico por ele estar totalmente diferente do que ela conhecia.

— Vocês quiseram um filho que estivesse sempre em primeiro lugar, eu estou extremamente cansado e não quero mais fingir. Os gastos que vocês tiveram para me criar, transferirei todo mês para a sua conta. Então, começando a partir de hoje, vou sair de casa e morar sozinho.

Enquanto morava sob o mesmo teto de seus pais, que davam prioridade às aparências, ele sentia que nunca poderia ser uma pessoa comum. Constantemente temia não ser capaz de ser perfeito o tempo todo, era humilhado publicamente e sentia que nunca poderia ser o filho ideal aos olhos de seus pais.

Ao escutar tudo, o rosto da mãe ficou pálido e ela o ameaçou com uma expressão furiosa:

— Você acha que pode se formar na universidade? Você vai conseguir um trabalho que te pague bem no futuro? Você não vai conseguir fazer nada sem mim e seu pai.

— Talvez, mas pelo menos eu posso viver como um humano em vez de um elefante acorrentado.

— Que elefante?

— Mãe, você ainda se lembra de quando eu era pequeno e nós viajamos para a Tailândia? Naquela época vimos um elefante acorrentado sendo forçado a se curvar para os turistas.

Os elefantes, por mais que suas peles grossas estivessem machucadas devido às correntes, precisavam continuar trabalhando ou seriam espancados.

— Por muitos anos, eu tenho sido um elefante, carregando as aparências por você e meu pai, além de estarem constantemente aumentando as suas expectativas sobre mim. Eu estou muito cansado agora, não quero mais carregar vocês, até mesmo meu pai disse uma vez que ele preferia não ter tido um filho que não era excepcional. Agora o médico falou que eu tenho um problema, então na visão do meu pai é melhor que seu filho morra — disse Pei Shouyi que logo em seguida abriu os braços e abraçou a mãe, que sempre estava vestida em roupas muito elegantes e sapatos altos andando orgulhosamente entre a multidão, pela última vez. — Mãe, eu estou indo, cuidem-se — despediu-se soltando a mão dela e andou em direção a porta.

— Shouyi… Shouyi, volte aqui…

— Mãe, vai ser véspera de Ano-Novo daqui a dois meses e finalmente poderei terminar o meu jantar de Ano-Novo sem que ele fique frio. Vai ser ótimo — contou Pei Shouyi.

Assim que terminou, abriu a porta e pisou fora da clínica decorada em tons quentes. Do outro lado da porta que estava fechando devagar, pode ouvir a voz de sua mãe:

— Não! Pei Shouyi, volte para mim! Volte!

***

Depois daquela situação, ele deixou a casa onde havia crescido e se mudou para uma suíte alugada para que tivesse algum lugar para chamar de seu. Enquanto usava a coroa de estudante número um do curso de Medicina da Universidade T, não teve nenhuma dificuldade em achar emprego como tutor. Os pais dos estudantes também desejavam pagar mais para que pudesse ser tutor dos filhos, pois eles achavam que fazendo isso suas crianças iriam se tornar como o professor Pei, um estudante de medicina da Universidade T.

Assim, trabalhando meio período como tutor e dependendo de seu salário, ele conseguiu concluir a faculdade de medicina. Em seguida, obteve sucesso na prova de credenciamento e tornou-se um médico certificado. Por fim, graças à recomendação de um de seus veteranos, ele foi contratado como médico em uma escola de ensino médio.

— Ah! O médico não quer...

— Brigando de novo! Vocês ousaram brigar de novo, então não tem o direito de estar aqui gritando!

— Buááá...

Por conta de um conflito com um estudante de outra turma, tornou-se uma briga entre um grupo com um único estudante.

Todos eles estavam sentados um a um obedientemente na frente do doutor demônio enquanto ele os medicava.

— Duas semanas sem tocar na água, quem quer que tenha o machucado infeccionado vai ser espancado por mim. Entenderam?

— Entendemos, entendemos.

— Ainda falta uma coisa para vocês falarem para mim, certo?

— Obrigado, Doutor.

— Sumam.

— Ah, sim, obrigado, Doutor.

Depois que os garotos que tiveram seus machucados muito bem cuidados gritaram aquela última frase, eles fugiram da enfermaria o mais rápido que podiam. Mas apenas um deles ficou ali como se estivesse indo na contramão e assim que todos já haviam saído, entrou despretensiosamente no espaço pessoal de Pei Shouyi enquanto segurava com suas duas mãos uma tigela de macarrão instantâneo que acabara de ficar pronto, levantou seu rosto esboçando um sorriso inocente e perguntou:

— Quer comer macarrão instantâneo?

***

Na enfermaria da universidade...

Naquele dia, Pei Shouyi olhava em cima da mesa para uma caneca que estava lascada em um de seus cantos e relembrou do safado que a havia quebrado. Durante seu tempo como médico da enfermaria de uma escola de ensino médio, conheceu uma criança chamada Yu Zhenxuan que não só não tinha medo dele, como também não importava quantas vezes Pei Shouyi bloqueasse, ele estava sempre entrando na enfermaria para roubar os macarrões instantâneos que ficavam guardados dentro do manequim.

— Aquela criança, deve ter crescido bem!

Pei Shouyi sorriu, colocou a caneca dentro da gaveta gentilmente, levantou ao mesmo tempo em que pegava sua bolsa de couro e foi em direção à porta. Assim, ele trancou e deixou a enfermaria no campus da Universidade.

Fim.

Posfácio

Esta foi a segunda vez que peguei um dos roteiros da Peiyu para adaptar em romance. A melhor parte sobre ser uma fã é que você pode dar uma bisbilhotada em toda a história, pois definitivamente é uma história estonteante que explora a natureza do "amor". Quando estava lendo a parte das biografias dos personagens no roteiro cuidadosamente, um dos que mais me tocou foi Pei Shouyi, ainda mais ao descobrir que o ator Zhang Rui iria interpretá-lo, o que me fez ficar ainda mais vermelha. A família de doutores queria um estudante incrível de causar inveja, então, aos olhos dos pais dele, o seu valor era medido pelo número dentro do boletim e isso me faz pensar sobre quando éramos estudantes, sempre tinha aquele amigo de "família de médicos" ao seu redor.

Em uma família em que grande parte possui "títulos", desde avós, pais, tios, primos e até irmãos, sendo que mais de 80% deles são graduados em medicina e pelo menos metade por uma universidade de prestígio, há mesmo opções do que cursar que não seja medicina por uma universidade de prestígio? Não é permitido escolher outras opções... Numa existência assim, o que você se tornaria?

"Eu só quero o seu bem" tornou-se a frase da internet com o

maior nível de ódio vindo de crianças, ou seja, quantas crianças estão morrendo só pelos pais estarem falando essas seis palavras para os seus filhos? Por conta disso, eu adicionei o "passado" de Pei Shouyi como um extra. Porque quando uma pessoa que não recebe amor, ela cria um escudo para as emoções ao seu redor e ao longo do tempo, o "coração" se torna doente e mesmo que ele seja um doutor, nunca será capaz de curar.

Com a chegada do Yu Zhenxuan, o mundo de Pei Shouyi tornou-se quente, colorido e com companhia. Obrigada a Peiyu por ter finalmente trazido o Yu Zhenxuan para ele, assim como Zhou Shuyi descobriu que estava apaixonado pelo Gao Shide, o qual entregou Shi Zheyu para Liu Bingwei. Assim como a mensagem transmitida na série: o amor, independente do gênero, ainda é amor.

Obrigada Result Entertainment por ter nos proporcionado um drama caloroso em meio a essa onda de frio. Obrigada à roteirista por ter nos apresentado personagens tão diferentes, obrigada ao Chunbian por estar me acompanhando nas correrias desde início até o fim e finalmente agradeço sinceramente ao Pei Shouyi, pois eu espero que através de você possamos confortar pessoas que estão passando por uma experiência parecida, que consigam obter coragem e enxergar esperança. Espero, também, que esta adaptação possa ser agradável para todos, e que continuem ansiosos para o lançamento do "O Contra-Ataque do Número 2" (Orações).

Eu desejo que no ano de 2021, todos possam alcançar as suas merecidas felicidades e que todos os dias de vocês sejam felizes.

Ela continuou junto ao amigo fechando o quarto escuro de onde a tia U estava tentando correr do prazo final.

Uchenhu

Caderno de Fotografias

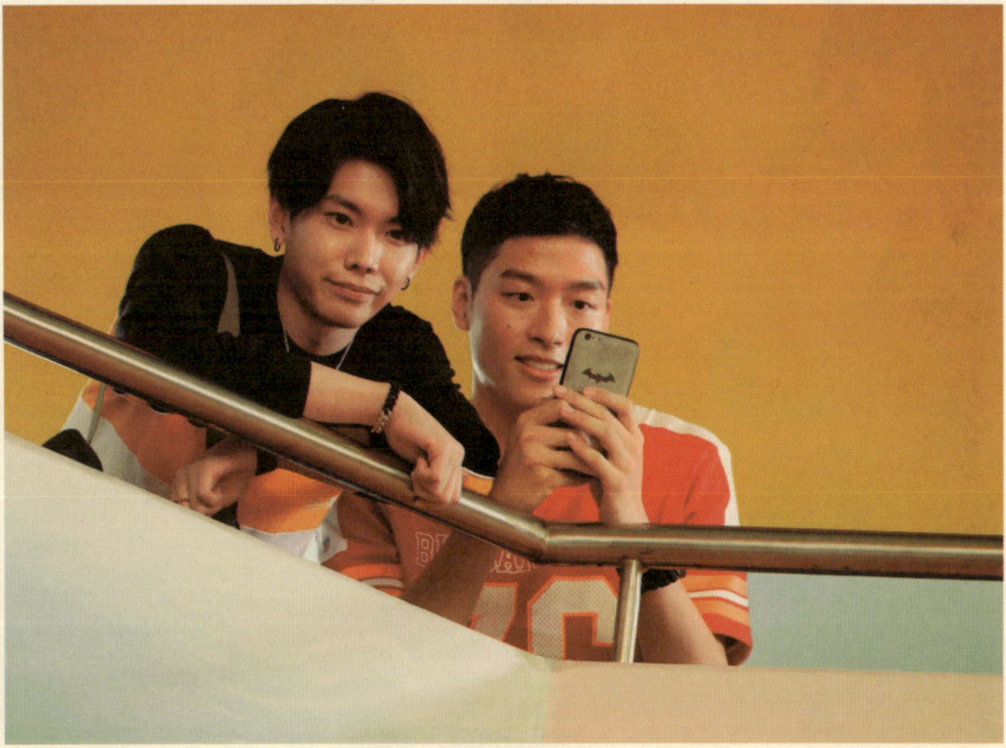

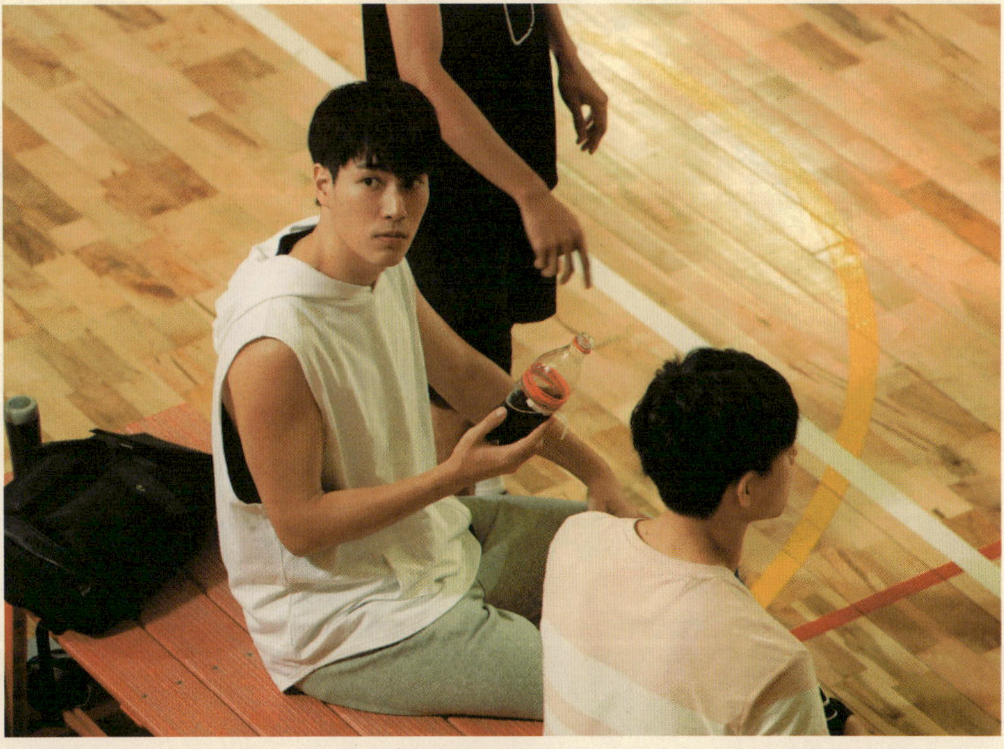

WBL
WE BEST LOVE

W
WE
BL BEST LOVE

PARA SEMPRE O NÚMERO 1

We Best Love Series - All rights reserved
Published originally under the title of 《永遠的第一名》(No.1 for You)
Author ©羽宸寰 (Uchenhu), 林珮瑜 (Lin Peiyu) Portuguese edition rights under license granted by SHARP POINT PUBLISHING,
a division of Cite Publishing Limited.
Portuguese edition copyright ©2023 NewPOP Editora Ltda arranged through JS Agency Co., Ltd, Taiwan. All rights reserved

DIRETORES
Gilvan Mendes Fonseca da Silva Junior
Ana Paula Freire da Silva

ADMINISTRATIVO
Cibele Perella & Monaliza Souza

EDITOR
Junior Fonseca

TRADUÇÃO
Nathalia Viana e Yasmin de Azevedo

DIAGRAMAÇÃO
Carlos Renato

REVISÃO
Débora Tasso

Para Sempre o Número 1 é uma publicação da **NewPOP Editora**. É proibida a reprodução total ou parcial de textos e ilustrações por qualquer meio sem autorização dos responsáveis. Todos os direitos reservados.

Para Sempre o Número 1 is a publication of **NewPOP**. No portion of this book may be reproduced or transmitted in any form or by any means without written permission from the copyrigth holders. All rigths reserved.

NewPOP Editora
São Paulo/SP
www.newpop.com.br
contato@newpop.com.br